세계 문학을 읽는다 8

# 당신이 좋으실 대로

—

**윌리엄 셰익스피어** 지음
**이태주** 옮김

rcsg

# 당신이 좋으실 대로

초판 1쇄 인쇄 · 2022년 12월 22일
초판 1쇄 발행 · 2022년 12월 30일

지은이 · 윌리엄 셰익스피어
옮긴이 · 이태주
펴낸이 · 김화정
펴낸곳 · 푸른생각

편집 · 지순이 | 교정 · 김수란, 노현정 | 마케팅 · 한정규
등록 · 제310-2004-00019호
주소 · 서울시 마포구 토정로 222 한국출판콘텐츠 402호
대표전화 · 02) 2268-8707
이메일 · prun21c@hanmail.net / prunsasang@naver.com
홈페이지 · http://www.prun21c.com

ⓒ 이태주, 2022

ISBN 979-11-92149-24-1   03840
값 18,000원

문득 폴란드의 셰익스피어 학자 얀 코트(Jan Kott)가 생각난다. 그는 『셰익스피어는 우리들의 동시대인』이라는 책을 써서 전 세계 연극인들과 셰익스피어 전문가들을 놀라게 한 사람이다. 〈리어 왕〉과 〈한여름 밤의 꿈〉의 실험적인 무대를 만들어서 현대 연극사에 새 장을 연 영국의 연출가 피터 브룩의 업적도 얀 코트의 이론적 뒷받침이 없었으면 불가능했다. 얀 코트는 뭐니 뭐니 해도 방대하고 웅장하고 어려워서 접근하기 힘들어 보이는 세계문화의 유산 셰익스피어를 우리 곁으로 가깝게 끌어온 재능 때문에 그 빛나는 공로를 인정받고 있다. 그는 셰익스피어를 우리 동네 옆집 아저씨처럼 친근감을 느끼도록 만들어주었다.

그가 한국에 온 적이 있다. 그는 딱딱한 학술 강연보다는 우리나라 남대문시장을 더 좋아했다. 남대문시장의 사람들, 활력, 그 벌거벗은 삶의 소용돌이에 도취되어 떠날 줄 몰랐다. 셰익스피어가 다룬 드라마는 그의 눈으로 볼 때에는 언제나 국경을 초월해서 우리 주변에 손에 잡힐 듯이 깔려 있었다. 그가 한 말 가운데서 흥미로운 것은 빅토르 위고에 관한 것이다.

프랑스의 대문호인 위고는 1850년대 말 채널 아일랜드에 유배당한 적이 있다. 위고는 아들과 함께 어느 겨울날 바닷가를 걷고 있었다. 그는 암담한 심정이었다. 아들도 절망적이었다. 아들이 아버지에게 "이번 유배를 어떻게 생각하세요?"라고 묻자 위고는 대답했다. "오래 걸릴 것이다." 침묵이 흘렀다. "어떻게 지내시겠어요?" 아들의 질문이다. "바다를 보면서 지내겠다. 너는 뭘 할래?" 위고는 궁금했다. "셰익스피어를 번역하지요." 아들의 답변이었다. 위고의 아들은 나중에 유명한 셰익스피어 번역가가 되었다.

얀 코트가 전해준 이 에피소드에서 내가 강하게 느낀 것은, 셰익스피어는 그 당시 위고를 껴안아준 바다였다는 사실이다. 그리고 그의 불운했던 정치적 유배는 고통스러운 현실이었다. 그 바다는 지금도 영원하다. 그러나 우리의 현실은 변하고 있다. 각자의 현실도 변하고 있다. 위고의 현실도 변하고 있었다. 셰익스피어의 문학은 위고가 유배된 현실 속에서는 그의 동시대인이었다. 내가 전란 중에 포탄 속에서 읽었던 셰익스피어는 나의 동시대인이었고, 나의 암담했던 현실을 비춰보는 거울이었다. 셰익스피어의 시간과 나의 현실, 이 두 시간이 서로 밀접한 정신적인 관계를 맺고 있으면 셰익스피어는 누구에게나 친근한 동시대인이 될 수 있다.

읽으면 읽을수록 참으로 재미있고 매혹적이고 유익한 셰익스피어와 동시대인이 되며 그가 우리와 친근한 이웃이 되도록 도와주는 일은, 누구나 쉽게 읽을 수 있는 번역을 하는 일이요, 해설을 써서 보급하는 일이라 생각한다. 그러나 이 일이 결코 쉬운 일이 아니다. 푸른사상사에서 지금 이 책이 새로 나오는 일도 나는 기적을 보는 느낌이다. 〈당신이 좋으실 대로〉는 동양 텔레비전이 있었을 때, BBC 셰익스피어 시리즈로 방영하기 위해 번역한 대본이다. 우리가 말하는 입술의 움직임에 맞추면서 번역하느라고 적잖이 고생했는데, BBC 셰익스피어 대본은 원래 텍스트에서 군살을 뺀 압축 대본이다. 무대에 올리거나 방송하기 좋게 다듬어진 것이어서 그 나름대로 이용가치가 있으리라 생각한다.

1996년 9월 22일 일요일, 로스앤젤레스 타임에 나의 눈을 활짝 뜨게 만든 기사가 났다. "원래의 극장이 문을 연 지 300년, 현대판 글로브극장이 셰익스피어에 대한 활기찬 접근을 장려하고 있다"라는 제목의 윌리엄 몬탈바노 기자가 쓴 런던발 대형 특집기사였다. 기사 한가운데 큼직한 사진이 게재되어 있었다. 개관 기념 공연인 〈베로나의 두 신사〉 개막을 기다리는 관객들이 극장 내부를 가득 메운 광경이었다. 그 사진 아래 중간 타이틀이 있었다.

"셰익스피어가 이렇게 재미있는지 몰랐어요." 15세 미국인 소년이 말했다.

기사 내용은 이런 것이었다.

블루 진을 입은 미국인 틴에이저 세 명이 새로 개관하는 런던의 글로브극장에 나타났다. 안내원은 이 소년들에게 말했다. "극장 안에서 마음껏 떠들고 고함을 지르세요."

놀라운 일이었다. 다른 극장 같았으면 손가락을 입에 대고 "쉿!" 할 터인데. 셰익스피어가 그의 작품을 공연하던 옛 글로브극장 터에 복원한 이 극장에는 삼등석 노천 객석 '그라운들링'이 있다. 옛날 옛적 귀족 신사들은 옥내 객석에 점잖게 폼을 잡고 앉아 있었지만 일반 서민 대중들은 싼 입장료를 내고 이 마당 객석에서 눈이 오나 비가 오나 서서 연극을 관람했다. 흥청거리던 엘리자베스 시대, 런던 잡놈들은 모두 신이 나서 이곳에 모여들었다. 소매치기, 잡상배들, 창부들, 싸움패들, 건달들, 어린애들, 아낙네들, 오입쟁이들…… 그야말로 극장은 인생의 무대요, 넓은 세계의 축도(縮圖)였다. 이들 삼등석 인간들은 연신 해바라기씨를 까먹으면서 요란하게 고함을 지르며 법석을 떨고 우왕좌왕했다.

당시의 연극은 대낮에 반 옥외 반 옥내 극장에서 공연되었다. 지금처럼 객석의 불빛이 천천히 페이드아웃되면서 극장에 침묵이 깔리는 것이 아니다. 언제나 떠들썩한 소음 속에서 연극은 시작되었다. 셰익스피어 작품의 1막 1장의 서두가 한결같이 요란한 음향효과라든가, 분주하게 움직이는 사람들의 집단 장면으로 개막되는 이유는 이토록 시끄러운 관객들의 소음을 죽이기 위해서 고안된 개막 신호인 것이다. 연극이 진행되는 동안에도 이들은 가만히 있지 않았다. 연극이 신나면 박수를 치고, 시시껄렁하면 집어치우라고 휘파람을 불었다. 아주 민감하고 활기에 넘친 관객들이었다.

아버지를 따라 역사적인 개관 공연을 보러 온 미국의 틴에이저들은 옛날로 돌아가, 옛날의 관객이 될 수 있었다. 그들은 웃고, 울고, 고함을 지르면서 마음껏 신명을 낼 수 있었다. 관극을 끝낸 15세 소년에게 셰익스피어는 너무나 재미있는 존재가 되었다. 이것은 문화적 사건이다.

셰익스피어는 1616년 4월 23일 세상을 떠났다. 템스강 기슭에 글로브극장이 건립된 해가 1599년이다. 그 이후 이 극장은 화재로 소실되었는데 1614년 재건되었다. 셰익스피어의 명작들이 이 극장에서 공연되었는데, 목조건물이었기 때문에 세월을 지탱하지 못하고 사라지고 땅만 남은 곳에 미국의 배우이며 연출가인 샘 워너메이커(Sam Wanamaker)의 25년간에 걸친 집념의 투쟁이 결실을 맺어 원형이 재현되었다. 그는 오늘의 개관을 보지 못한 채 1993년 타계했다. 그는 이 극장이 옛 모습대로 복원되어 옛날처럼 공연이 이루어지기를 바랐으므로 무대조명은 자연 광선을 이용하도록 만들었으며, 대소도구, 장치 등은 최소로 줄였고, 마이크도 커튼도 달지 않았다.

셰익스피어는 가고 없다. 그의 자손도 대를 잇지 못했다. 그러나 그는 남았다. 그의 희곡작품이 있기 때문이다. 그는 남았다. 글로브극장이 있기 때문이다. 그는 남았다. 15세 소년의 감동이 있기 때문이다.

2021년 12월
옮긴이 이태주

# 당신이 좋으실 대로

As You Like It

## 등장인물

노공작_ 추방당한 몸
프레드릭 공작_ 노공작의 동생, 공작 영토의 찬탈자
실리아_ 프레드릭의 외동딸
로잘린드_ 추방당한 노공작의 딸
올리버 / 제이퀴즈 드 보이스 / 올랜도_ 롤런드 드 보이즈 경의 아들들
터치스톤_ 어릿광대
애미언즈 / 제이퀴즈_ 추방당한 공작을 섬기는 귀족들
애덤 / 데니스_ 올리버의 하인들
코린 / 실비우스_ 목동들
르보_ 프레드릭을 섬기는 신하
찰스_ 프레드릭의 씨름꾼
피비_ 양치기 처녀
오드리_ 시골 처녀
윌리엄_ 오드리를 사랑하는 시골 청년
올리버 마텍스트 경_ 목사
시동 1
시동 2

## 장소

올리버의 집, 공작 궁궐, 아든의 숲

# 제1막

## 제1장  올리버의 집 정원

올랜도와 애덤 등장.

**올랜도**  (칼싸움) 여보게나 애덤. 아버님께서 적은 돈이지마는 천 크라운이나 내게 유산으로 남기시고, 자네 말마따나 나를 정성껏 키우라고 올리버 큰형께 당부했어. 그래서 난 슬프단 말이야. 작은 형 제이크는 학교도 가고 유산도 담뿍 받았다는 소문이야. 내 신세는 뭐냐. 집구석에 처박혀 빈둥거리고 있어. 양반 자식다운 교육도 받지 못한 채 외양간에 갇힌 소 같은 신세지? 나보다는 형네 말이 상팔자야. 왜냐하면 기름이 흐르도록 포식할 뿐만 아니라 길들이기 위해 조교사까지 고용했기 때문이야. 그러나 나는 동생인데도 세끼 밥 얻어먹은 게 고작이지. 이런 신세라면 형네 쓰레기 뒤져 먹고사는 짐승들과 다를 게 뭐가 있어. 더욱이 형님은 인심 좋게 베푸는 것이 없고 나에게 돌아온 몫까지 빼앗아 갈 기세야. 머슴들하고 한 상에서 밥을 먹으라지 않나, 기를 쓰며 나를 무식꾼으로 만들어 점잖은 성품을 짓밟으려고 하질 않나. 애덤, 나는 슬퍼. 내 핏줄 속에 흐르고 있는 아버지의 정신이, 이런 노예살이에 항거하기 시작했어. 난 더 이상 참지 못해. 하지만 나는 이 일을 어떻게 피해야 할지 모르겠어.

올리버 등장.

애  덤    주인 나리 오시네요. 형님 말씀이에요.

올리버    아니 이봐, 여기서 뭘 하는 거야?

올랜도    아무것도 아니에요. 도대체 뭘 배운 게 있어야 하죠.

올리버    못된 짓을 할 참이로군.

올랜도    전지전능하신 하느님이 만드신 못난 동생이 빈둥거리면서 신세를 망치고 있는 중입니다.

올리버    게으름뱅이 녀석 같으니라고. 저리 가서 일해.

올랜도    형님네 돼지나 치면서 겨죽이나 퍼마실까요? 제가 무슨 난봉을 피웠다고 찢어지는 가난을 겪어야 합니까?

올리버    이봐, 여기가 어딘 줄 알고 지껄여.

올랜도    아, 잘 알고 있죠. 형님네 정원이죠.

올리버    누구 앞인지 알겠나?

올랜도    알죠. 형님이 저를 알고 있는 것 이상으로 바로 제 맏형인 것을 압니다. 그러니 형님도 양반집 아들답게 저를 돌봐주셔야죠. 형님은 장남이기 때문에 이 나라 관례에 따라 저보다 어른이죠. 그리고 이 관습 때문에 제 혈연관계가 유지되고 있죠. 그러니 이 관습 때문에 제 혈연은 남아 있습니다. 우리 사이에 형제가 스물이 있어도 말이에요. 이 몸도 형님처럼 아버지 피가 흐르고 있습니다. 형이 저보다 먼저 났으니 귀하신 아버지 몸에 가까운 건 사실입니다만.

**올리버**   아, 아니 요것이. (때린다)

**올랜도**   이러지 마세요. 형님 이걸로는 절 못 당해요!

**올리버**   고얀 놈, 형에게 손을 대려고?

**올랜도**   고얀 놈이라뇨. 롤런드 드 보이즈 경의 막내아들인걸요. 그분은 제 아버지예요. 그분이 악당을 낳았다고 말하는 자가 있으면 그는 몇 갑절 더 악당이죠. 당신이 제 형이 아니라면 이 손으로 목을 누르고, 또 이 손으로 악담을 뱉은 혓바닥을 뽑아버렸을 겁니다. 형님은 누워 침 뱉지 마세요.

**애  덤**   (앞으로 나오며) 나리, 참으세요. 돌아가신 아버님을 생각해서 화해하세요.

**올리버**   이거 놓지 못해? 정말!

**올랜도**   분통이 터져도 할 수 없어요. 제 말 들으세요. 아버지는 형님께 저의 교육을 유언으로 명하셨죠. 그런데 형님은 절 농사꾼으로 길렀소. 신사다운 품격과는 등을 돌리고 담을 쌓았어요. 아버지의 성품이 내 몸속에서 힘차게 자라고 있으니 더 이상 참을 수 없어요. 그러기 때문에, 신사다운 교양을 제게 허락해주시거나 아니면 아버지가 제 몫으로 남겨주신 서푼어치 유산이나마 달라는 겁니다. 그걸로 한탕 쳐야겠습니다.

**올리버**   그 돈으로 뭘 하려고 그래? 다 털어먹고 손 내밀려고. 하여튼 안으로 들어가자. 너하고 더 이상 싸우고 싶지 않아. 제발 나를 놓아다오. 유언대로 네 몫을 주마.

**올랜도**  제 몫을 제대로 타기만 하면 더 이상 괴롭히지 않겠습니다.

**올리버**  네놈은 꺼져, 늙은 여우야.

**애  덤**  늙은 여우가 제 몫입니까? 정말이지 나리 뒷바라지에 이가 몽땅 빠졌습니다. 돌아가신 큰어르신네께 은총을. 그분이라면 이런 말을 안 했을 거야. (올랜도와 애덤 퇴장)

**올리버**  일이 이쯤 되었다. 네놈까지 함부로 대들다니. 오만불손한 네놈을 가만두나 봐. 앞으로 품삯을 주나 봐라. 여봐라, 데니스.

**데니스**  부르셨습니까, 나리?

**올리버**  공작님의 씨름꾼 찰스가 나를 만나러 오지 않았나?

**데니스**  말씀대로 문간에 와서 나리님을 뵈려 합니다.

**올리버**  불러들여라. (데니스 퇴장) 일이 멋지게 풀리는군. 내일 씨름판에서 보자.

　　　찰스 등장.

**찰  스**  안녕하십니까, 각하.

**올리버**  잘 왔네, 찰스. 새 궁궐에 새 소식이라도 들리는가?

**찰  스**  새 소식은 없고요, 묵은 얘기뿐입니다. 얘기인즉슨 새 공작이 형님 공작을 추방했다 합니다. 그래서 형님 공작과 신하 몇 명이 귀양살이 신세가 되었답니다. 그들의 토지재산이 새 공작을 갑부로 만들었기 때문에 새 공작은 그들의 방랑을 허락했답니다.

**올리버** 그럼 공작의 딸 로잘린드도 부친과 함께 추방되었단 말인가?

**찰 스** 아니올시다. 새 공작의 딸이자 로잘린드의 사촌동생이 요람서부터 함께 자란 탓으로 언니를 사랑하기 때문에 함께 귀양가지 않으면 죽어버리겠다고 말했습니다. 로잘린드는 궁궐에 남아서 친딸 못지않게 삼촌 사랑을 받고 있죠. 두 여인은 물샐틈없는 친구죠.

**올리버** 형님 공작은 어디서 살고 계시냐?

**찰 스** 아든 숲속에 도착하셨다는 소문입니다. 부하들을 잔뜩 거느리시고요. 그곳에서 옛날 로빈 후드처럼 살고 있다지 뭡니까? 젊은 신사들이 매일처럼 떼 지어 몰려온답니다. 아무 시름 없이 살아가는 정경이 무릉도원이랍니다.

**올리버** 그건 그렇고, 자네 내일 새 공작 앞에서 씨름한다며?

**찰 스** 네, 그렇습니다. 그 이야기를 알려드리려고 왔습니다. 은밀히 전해 들은 바에 의하면 각하의 동생 올랜도가 신분을 감추고 저와 한판 승부를 겨룬다는 소문을 들었습니다. 내일 저는 명예를 걸고 시합에 나서렵니다. 저와 맞서서 팔다리가 부러지지 않은 자는 여간한 솜씨가 아니겠죠. 각하의 동생은 젊고 연약하죠. 각하를 생각해서라도 동생분을 내동댕이치고 싶지 않지만 맞상대를 부르면 하는 수 없습니다. 그러기 때문에 각하에 대한 충성심으로 저는 이 일을 알리러 왔습니다. 아우님의 출전을 말리시든가, 아니면 고집해서 당하는 아우님의 치욕은 그분 스스로 원한 자업자득이지 제 본의가 아님을 통찰

해주십시오.

**올리버**  찰스, 나에 대한 충성에 감사하오. 내 마음의 보답이 있을 것이오. 동생의 계획에 대해서는 눈치챈 바 있어 만류했지만 그는 옹고집이었소. 특별히 조심하게. 그에게 가벼운 치욕을 입혔다 하자. 너를 상대해 그가 큰 재미를 보지 못했다고 하자. 그러면 너에게 독기를 뿜거나, 비열한 술책을 써서 너를 함정 속에 처넣을 것이다. 아니면 부정한 수단으로 너의 목숨을 빼앗을 때까지 물고 늘어질 수 있을 것이다. 내가 말하고 싶은 것은 눈물 나는 얘기지만 그토록 젊고, 그토록 악랄한 인간은 이 세상에 둘도 없다는 것이다.

**찰 스**  각하를 찾아뵙기를 잘했다고 생각합니다. 내일 아우님이 시합에 나오면 혼을 내주어야죠. 안녕히 계십시오, 각하. (찰스 퇴장)

**올리버**  (독백) 잘 가거라, 착한 찰스. 이번에는 동생 놈을 선동해야지. 이젠 녀석도 끝장이다. 나는 까닭 없이 그놈이 미워 치가 떨린다. 하지만 그는 신사답다. 학교에 안 다녀도 유식하다. 마음씨가 좋다. 뭇사람들의 사랑을 받고 있다. 인기 절정이다. 특히 그를 잘 알고 있는 내 부하들은 그에게 홀딱 빠져 있다. 그 때문에 내 평판만 나빠지고 있다. 하지만 그것도 얼마 남지 않았다. 이 씨름꾼이 해치울 테니. 그 녀석을 선동해서 씨름판에 가게 해야지. 자, 이 일을 착수하자.

# 제2장 공작 궁궐 앞 잔디밭


로잘린드와 실리아 등장.

**실리아**  오, 로잘린드 언니. 제발 부탁이니 기운을 내세요.

**로잘린드**  하지만 실리아, 나는 억지로 기운을 내고 있어. 이 이상 더 기운 낼 수 있니? 추방된 아버지 생각을 잊을 수 있다면, 즐거운 생각을 얼마든지 할 수 있어.

**실리아**  저는 알고 있죠. 제가 사랑하는 만큼 언니도 저를 사랑하셔야지요. 귀양 가신 큰아버님이 우리 아빠를 추방했다 하더라도, 사랑하는 언니가 제 곁에 있기만 하면 나는 큰아버지를 친아버지처럼 사랑할 수 있을 거예요. 언니의 사랑이 내 사랑만큼이나 진실할 수 있다면 언니도 그럴 수 있을 거예요

**로잘린드**  그렇다면 내일은 잊어버리도록 하자. 그래, 너와 함께 즐기자.

**실리아**  아시겠어요? 우리 아빠에게는 나 하나뿐이고 앞으로도 나 하나뿐이죠. 아빠가 정말 돌아가시면, 언니가 상속자예요. 제 아빠가 큰아버님으로부터 강제로 빼앗은 것을 나는 애정으로 언니께 반환하겠어요. 명예를 걸고 약속하겠어요. 이 언약을 어기면, 나는 짐승이 되어도 좋아요. 장미처럼 사랑스러운 언니, 고운 언니여, 웃어보세요.

**로잘린드**  좋아, 그러자꾸나. 그럼 즐거운 놀이를 생각하자. 가만있자,

무엇이 좋을까. 사랑놀이를 할까?

**실리아**   좋아요. 그게 좋겠어요. 심심풀이로 하신다면. 그러나 진정으로 남자를 사랑하면 안 돼요. 적당히 심심풀이로 하는 일이지만, 얼굴을 붉히는 순진성과 결백성을 지키면서 무사히 빠져나올 수 있어야 해요.

**로잘린드**   어떤 놀이를 하면 좋을까?

**실리아**   우두커니 앉아서 운명의 아낙네를 비웃고, 운명의 실을 뽑지 못하게 하죠. 그러면 인간에게 베풀어지는 은혜도 공평해질 거예요.

**로잘린드**   그렇게 됐으면 좋겠다. 행운의 선물이 엉뚱한 곳에만 가고 있으니 말이지. 특히 여자에 대한 선물은 엉터리야. 눈이 멀었어.

**실리아**   옳아요. 아름다움의 은혜를 입으면 정절이 없고, 정절의 은혜를 입으면 추악한 용모가 뒤따르죠.

**로잘린드**   아니야. 그건 운명의 여신이 아니라 자연의 여신이야. 운명의 여신은 이 세상의 행불행을 지배할 뿐 자연이 주는 용모와는 관계없어.

　　　터치스톤 등장.

**실리아**   이봐요 똘똘이 양반. 어슬렁대며 어딜 가우?

**터치스톤**   아가씨, 아버지께서 찾고 계세요.

**실리아**   심부름꾼이 되었나?

**터치스톤**　하느님께 맹세하지만, 아가씨를 불러오라는 명령입니다.

**로잘린드**　바보, 그따위 맹세 어디서 배웠나. 이 멍충아?

**터치스톤**　기사로부터죠. 일일이 예를 들어 말할 것 같으면, 맹세컨대 이것은 최고의 핫케이크예요. 맹세하건대 이 겨자는 엉터리예요. 제 생각은요, 핫케이크가 엉터리고 겨자가 진짜다 말씀이에요. 하지만 기사의 맹세는 엉터리가 아니었죠.

**실리아**　고매한 학식을 가진 똘똘이 양반, 그걸 어떻게 증명하죠?

**로잘린드**　지혜 보따리를 빨리 풀어보시지.

**터치스톤**　두 분 앞으로 나오세요. 턱을 쓰다듬으세요. 아가씨들 턱수염에 걸어 "내가 악당"이라고 맹세해봐요.

**실리아**　턱수염이 있으면 맹세하지. 당신이 악당이다.

**터치스톤**　이 몸에 악이 있다면 그 악을 두고 맹세하지만, 나는 악당이죠. 하지만 아가씨들이 없는 것을 들어 맹세하니, 거짓 맹세는 아닐 테지요? 기사 양반도 마찬가지. 있지도 않은 명예를 두고 맹세했기 때문이죠. 핫케이크와 겨자를 보기 이전에 맹세를 남발해서 맹세는 흔적이 없어졌다는 말씀이죠.

**실리아**　당신이 말하는 그 기사는 선비죠.

**터치스톤**　아가씨 아버님이 총애하는 선비죠.

**실리아**　아빠의 사랑을 받는다면 그것이 충분한 명예죠. 그만해요. 더이상 남의 험담 마세요. 더 이상 하면 회초리 찜질이죠.

**터치스톤**　현자가 바보짓을 하는 판에 바보가 현명한 말을 못 한다니, 말세로다.

**실리아**　정말이지 네 말이 옳아. 바보의 하찮은 지혜가 무시되고 현명한 사람의 사소한 바보짓이 두드러져 보이는 세상이니. 르보 씨가 오시네.

　　　르보 등장.

**로잘린드**　새 소식이 입에 가득하네.

**실비아**　비둘기 새끼 먹이듯 우리들에게 소식을 주겠지.

**로잘린드**　소식으로 배가 부르겠어.

**실리아**　잘됐군, 살이 찌면 비싸게 팔릴 테니. 좋아요. 안녕하세요, 르보 씨. 새 소식이라도 있어요?

**르 보**　아름다운 공주여, 신나는 심심풀이를 놓치셨어요.

**실리아**　심심풀이요? 무엇인데요?

**르 보**　무엇이라뇨? 어떻게 대답해야 할까?

**로잘린드**　지혜와 운명에 맡겨보시죠.

**터치스톤**　아니면 운명은 하늘에 맡기죠.

**실리아**　잘 말했어요. 함부로 내뱉은 말인데요.

**르 보**　공주님들한텐 못 당하겠어요. 즐거운 씨름판 구경거리를 놓치셨다고 말할 참이었죠.

**로잘린드**　씨름판을 설명해보세요.

**르 보**　그 시작을 말씀드릴 테니 듣고 나서 내키면 끝판을 보시면 되죠. 진짜 씨름판은 이제부터인걸요.

**실리아**　그럼 끝장난 첫판을 말해주세요.

**르　보**　어떤 늙은이에게 세 아이가 있었는데…….

**실리아**　마치 동화처럼 말하네요.

**르　보**　세 아이들은 이목구비가 수려하고 늠름한 체구였습니다. 장남이 찰스와 한판 승부를 벌였죠. 공작님 씨름꾼 말입니다. 찰스는 순식간에 그를 내동댕이쳐 갈빗대 세 대가 나갔죠. 생명까지 위태로워졌습니다. 둘째와 셋째 아이가 똑같은 꼴이 되었습니다. 저기 세 아이가 잠들고 있죠. 그들의 아버지인 가련한 늙은이가 슬프게 울었기 때문에 함께 있던 구경꾼들도 눈물을 흘렸답니다.

**로잘린드**　저런!

**터치스톤**　그런데 여보시오, 아가씨들이 놓쳤다는 구경은 뭔가?

**르　보**　그걸 얘기하고 있잖소.

**터치스톤**　그래서 사람들은 이 때문에 나날이 똘똘해지는군. 갈빗대 부러지는 일이 아가씨의 구경거리가 된다는 건 금시초문이군.

**실리아**　저도 처음 듣네요.

**로잘린드**　자기 옆구리가 터지는 소리를 듣고자 하는 사람이 어디 있겠어요? 갈빗대 부러지는 일을 누가 좋아하겠어요? 실리아, 씨름 구경 가지 않겠어?

**르　보**　여기 그냥 계시면 구경하시게 됩니다. 여기 이 자리가 바로 씨름판으로 정해진 곳이니까요. 씨름판을 벌일 준비는 다 되어 있습니다.

**실리아**　아, 정말 저기 오고 있네요. 그냥 여기 있다가 구경하기로 하죠.

　　　　나팔 소리. 프레드릭 공작, 귀족들, 올랜도, 찰스, 시종들 등장.

**프레드릭**　시작하라. 저 젊은이는 아무리 타일러도 듣지 않으니 위험을 자초했어.

**로잘린드**　저기 있는 사람인가요?

**르 보**　네, 그렇습니다.

**실리아**　아! 너무 젊어요. 잘 해낼 듯하기도 한데.

**프레드릭**　어떤 일이냐? 너와 조카딸까지 왔으니. 씨름 구경하려고 행차하셨나?

**로잘린드**　그렇습니다. 공작님께서 허락해주신다면.

**프레드릭**　너희들에게는 재미있는 운동이야. 왜냐하면 젊은이 상대자가 너무나 강해. 젊은이는 너무 어려. 단념토록 종용했지만 들은 체 만 체야. 너희들이 말해보려무나, 들을지도 모르니.

**실리아**　이리로 불러주세요, 르보 씨.

**프레드릭**　말해보렴. 내가 자리를 뜰 테니.

**르 보**　도전자 양반, 공주님이 부르신다.

**올랜도**　의무와 존경심 때문에 분부대로 하렵니다.

**로잘린드**　젊은이, 당신이 씨름꾼 찰스에게 도전하셨나요?

**올랜도**　아니올시다, 공주님. 그는 누구에게나 도전합니다. 저는 다른 사람과 마찬가지로 젊은 힘을 그와 겨루어보고 싶었을 뿐입니다.

**실리아**  젊은이, 젊은 혈기 치곤 너무 대담한 일이에요. 당신은 이 사람이 지닌 끔찍한 힘을 보았을 테죠. 당신 눈으로 직접 보았고 스스로 판단해보면, 당신의 모험이 얼마나 무모한 것인가를 알게 되죠. 분수에 맞는 일을 하세요. 부탁이에요. 당신을 위해서죠. 자신의 안전을 위해서 도전을 거둬들이시지요.

**로잘린드**  그렇게 하세요. 물러선다고 명예는 손상되지 않습니다. 공작께 간곡히 말씀드려서 이 시합을 중지토록 하겠어요.

**올랜도**  부탁입니다. 저를 괘씸하다 생각지 마십시오. 아름다운 당신들의 충고를 거역하는 죄인이긴 합니다만, 당신들의 사랑의 눈길을 받으며, 당신들의 갸륵한 마음을 느끼며 싸우겠습니다. 비록 제가 패하더라도 명예와는 거리가 먼 한 사나이의 수치일 뿐이죠? 죽더라도 죽고 싶어 안달하는 한 사나이가 죽을 뿐입니다. 슬퍼해줄 벗이 없으니 친구들에게 폐를 끼치지 않아도 되고, 무일푼의 몸이라 이 세상에 폐를 끼치지 않아도 되고, 이 세상에서 한 사람의 자리를 메우는 몸이라 그 자리를 비우면 더 나은 사람이 채워지겠죠.

**로잘린드**  나의 이 작은 힘을 당신에게 보태주고 싶어요.

**실리아**  언니의 힘에 저의 힘도 보태서.

**로잘린드**  잘 가세요, 당신을 얕잡아본 이 눈이 틀렸다면 좋겠어요.

**실리아**  당신의 소원이 이루어지길.

**찰 스**  오너라, 이 하룻강아지야. 조상의 무덤에 고이 잠들게 해주마.

**올랜도**  여기 있소. 하지만 내 소원은 더 높은 데 있다.

**프레드릭**  시합은 단판 승부다.

**찰 스**  염려 붙들어놓으십시오. 한 번으로도 귀찮은 일인데, 두 번 다시 각하의 심뇌를 끼쳐드리지는 않겠습니다.

**올랜도**  시합 후에나 나를 조롱할 것이지, 시합 전에는 입을 닥쳐라. 자, 덤벼라.

**로잘린드**  헤라클레스 장사여, 힘을 도와 승리케 하세요.

**실리아**  투명 인간이라면 힘센 자의 다리를 낚아챌 텐데.

    씨름판이 시작된다.

**로잘린드**  아, 멋진 젊은이여.

**실리아**  내 눈이 벼락불이라면 어느 쪽이 넘어질지 알 텐데.

    찰스가 쓰러진다. 고함 소리.

**프레드릭**  중지, 중지.

**올랜도**  공작님, 부탁이에요. 아직도 실력을 다 발휘하지 않았습니다.

**프레드릭**  너는 어떠냐, 찰스?

**르 보**  완전히 갔습니다, 공작님.

**프레드릭**  들고 나가라. 젊은이 이름이 뭐지?

**올랜도**  올랜도입니다, 공작님. 롤런드 드 보이즈 경의 막내아들입니다.

**프레드릭**  다른 사람의 아들이었으면 좋을 뻔했네. 자네의 부친은 홀륭하신 분이셨지만 나하곤 불구대천의 원수였지. 자네가 딴 가문의 후손이었다면 이번 일로 내 마음은 흐뭇했을 것이네. 작별을 해야겠구먼. 늠름한 젊은이, 자네 부친이 다른 사람이었다면 얼마나 좋았을까? (프레드릭 공작, 종신들, 르보 퇴장)

**실리아**  언니, 내가 아버지라면 저렇게 할 수 없었을 거야.

**올랜도**  롤런드 경의 막내아들인 것이 난 자랑스러워. 비록 공작의 대를 잇게 해준다 해도 내 이름을 바꾸고 싶지는 않아.

**로잘린드**  제 아버지는 롤런드 경을 자신의 영혼인 양 사랑했어요. 세상 사람들도 아버지와 똑같은 생각이었죠. 그분의 아드님인 것을 처음부터 알고 있었더라면 나는 눈물로 호소하면서까지 그의 모험을 막았을 거야.

**실리아**  로잘린드 언니, 그분에 감사하여 그분을 격려합시다. 정말 아버님의 잔혹한 심술이 내 마음을 아프게 해요. (올랜도에게) 여보세요, 당신은 멋지게 해냈어요. 약속하신 이상으로 잘 싸우셨어요. 씨름처럼 사랑의 약속도 그렇게 지킬 수 있다면, 당신의 연인은 참으로 행복할 거예요.

**로잘린드**  (목에 걸었던 목걸이를 준다) 저를 위해 지니세요. 더욱 좋은 선물을 드리고 싶습니다만 운명에 버림받은 저로선 여의치 않습니다. 실리아, 가자.

**실리아**  네, 안녕히, 안녕히.

**올랜도**  (독백) 나는 감사의 말도 못 하는가? 내 마음의 움직임은 꺼져가고 내 몸은 허수아비란 말이냐. 목숨이 없는 인형인가.

**로잘린드**  그분이 부르고 있어. 운명과 더불어 사라진 나의 자부심. 무슨 일인지 물어봐야지. 부르셨어요? 정말로 잘 싸우셨어요. 당신이 때려눕힌 사람은 씨름꾼만이 아니에요.

**실리아**  언니, 가요.

**로잘린드**  그래 가자. 안녕히 계세요. (로잘린드와 실리아 퇴장)

**올랜도**  (독백) 가슴이 타서 혓바닥이 굳어버렸네. 그녀가 말을 건넸는데 혀끝이 움직이지 않다니. 아, 가련한 올랜도. 쓰러진 것은 너다. 찰스보다 더 허약한 사람에게 너는 정복당했구나.

　　　르보, 다시 등장.

**르  보**  보세요. 충고 말씀 드리겠는데, 여길 떠나시오. 당신의 승리로 얻어지는 것은 갈채와 존경이지만 지금 공작님의 기분이 언짢아 당신이 한 짓을 나쁘게 생각하고 있소. 아시다시피 공작님은 변덕이 심한 분이오. 그분의 인품은 내가 말하지 않아도 상상해보시구려.

**올랜도**  감사합니다. 한 가지만 가르쳐주시오. 시합을 구경한 두 아가씨 가운데서 어느 쪽이 공작님 따님이시오?

**르  보**  성품으로 보아서는 어느 쪽이라 딱 잡아 말하긴 어렵지만 작은 몸집의 여인이 따님이요. 또 한쪽은 공작의 추방된 형님의 따님이십니다. 영토를 찬탈한 삼촌에 붙들려서 조카와 친구 삼아 지내죠. 두 사람의 우정은 깊죠. 피를 나눈 자매 이상으로요. 한 가지 드릴 말씀은 요즘 공작님께서 얌전한 조카딸이

못마땅한 모양이에요. 사람들이 아버지의 귀양살이 때문에 그녀를 동정하고, 그녀의 사람됨을 칭찬하기 때문이죠. 틀림없이 조카딸에 대한 공작님의 증오심이 폭발할 것입니다. 그럼 실례하겠습니다. 이윽고 살기 편한 세상이 오면 당신을 사랑하고 이해하며 지내도록 하죠.

**올랜도**  여러 가지 폐를 많이 끼쳤습니다. 잘 가시오. (르보 퇴장) (독백) 내가 가야 할 길은 고난의 가시밭길이오. 포악한 공작으로부터 포악한 형께로 돌아가야 하는가. 그러나 아, 천사 같은 로잘린드여.


# 제3장  공작 궁궐


실리아와 로잘린드 등장.

**실리아**  글쎄 언니! 그러기예요? 로잘린드, 큐피드 신에게 간청해야지! 말 안 할 건가요?

**로잘린드**  이야기해도 소용없어.

**실리아**  그렇지 않아요. 언니의 말은 정말이지 너무나 소중해요. 나에게 제발 말 좀 해줘요. 어서 핑계 삼아 내 귀를 따갑게 해줘요.

**로잘린드**  그러다가 우리 둘이 모조리 몸져눕게 되면 어떻게 해? 한쪽은 핑계 때문에, 한쪽은 귀가 멍해져서 말이야.

**실리아**　아버님 때문에 그래요?

**로잘린드**　아니, 우리 아이 아빠 될 사람 때문이야. 아, 이 평범한 나날이 가시덤불투성이라니.

**실리아**　그건 대수롭잖은 가시죠. 축제날 장난삼아 던지는 가시죠. 남들이 다져놓은 길을 걷지 않으면 속옷에 묻어요.

**로잘린드**　속옷에 묻은 가시라면 털어낼 수 있지만 마음의 가시는 어쩔 수 없어.

**실리아**　'에헴' 하고 털어버려요.

**로잘린드**　'에헴' 해서 그분을 얻을 수 있다면 나는 해보겠어.

**실리아**　그러세요, 그러세요, 사랑에 도전하세요.

**로잘린드**　아아, 그 사랑을 감당해내기에는 너무나 벅찬걸.

**실리아**　어머나, 이기도록 해야죠. 열 번 찍어 안 넘어가는 나무가 있나요? 그러나 농담을 치우고 진지하게 이야기합시다. 정말 가능해요? 그토록 갑작스럽게, 롤런드 경의 막내아드님을 그토록 열렬히 사랑할 수 있어요?

**로잘린드**　우리 아버님도 그분의 아버님을 이토록 열렬히 좋아하셨어.

**실리아**　그래서 그분을 열심히 사랑해요? 그런 논법이라면 난 그분을 미워해야겠는데요. 우리 아빠는 그 사람을 증오했지만 나는 올랜도를 증오하지 않아요.

**로잘린드**　안 돼, 나를 위해서라도 그분을 미워하지 마.

**실리아**　미워해도 괜찮을 텐데요? 미워할 만한 이유는 있잖아요?

**로잘린드**　미워하다니, 당치도 않은 소리야. 내가 사랑하기 때문에 너도 사랑해야 돼.

　　프레드릭 공작, 귀족들과 등장.

**프레드릭**　여봐, 이곳을 빨리 떠날수록 네겐 안전할 것이다.

**로잘린드**　제가요? 숙부님.

**프레드릭**　물론이지. 열흘이 지나도 네 모습이 궁궐 안팎의 이십 마일 이내에서 발견되면 너는 사형이다.

**로잘린드**　부탁입니다, 공작님. 제 죄를 알고 떠나렵니다. 저는 제 자신과 저의 소망이 무엇인가를 잘 알고 있습니다. 제가 꿈꾸지 않거나 미치지 않는 한 그렇지 않다고 장담할 수도 없습니다만, 숙부님의 뜻에 거역한 일은 티끌만큼도 없습니다.

**프레드릭**　반역자들과 같은 생각이군. 변명으로 반역의 죄가 씻어진다면 반역자들은 스스로 미덕을 갖추고 결백해질 것이다. 나는 너를 믿지 않는다. 설명은 이것으로 충분하다.

**로잘린드**　의심만으로 저를 반역자로 몰아세울 수는 없습니다. 의심스러운 점을 밝혀주십시오.

**프레드릭**　너는 너의 아버지의 딸이다. 그것으로 충분해.

**로잘린드**　숙부님이 아버지의 영토를 찬탈했을 때도 전 딸이었고, 또 추방했을 때도 아버님의 딸이었습니다. 반역 행위는 유전에 대한 것이 아니라 가령 친구로부터 계승된다 할지라도 저와는 무슨 상관이 있습니까? 저의 아버지는 반역자가 아니었습니다. 숙부님, 저의 가난함이 저를 반역으로 치닫게 했다고 오해

하지는 마십시오.

**실리아**   아버님, 제 말도 들어주세요.

**프레드릭**   실리아, 너 때문에 저 애를 여기 있게 했다. 그렇지 않았으면 지금쯤 귀양살이 신세야.

**실리아**   그때 제가 간청해서 있게 된 게 아닙니다. 아버님의 호의와 동정심 때문이었죠. 그땐 어려서 언니의 가치를 몰랐지만 지금은 알아요. 언니가 반역자라면 저도 반역자예요. 우리들은 함께 자고 함께 일어나고 함께 공부하고 놀고 식사했습니다. 어디를 가나 둘은 짝이었기 때문에 비너스의 꽃수레를 끄는 두 마리의 백조처럼 떨어지지 않았습니다.

**프레드릭**   교활한 속마음을 어찌 알겠느냐? 번지르르한 외모, 정숙성과 인내성이 사람들에게 호소력이 있어서 동정심을 사고 있어. 너는 바보다. 이 애가 너의 명예를 빼앗고 있다. 네가 간직하고 있는 재능과 미덕이 이 애만 없더라도 훨씬 더 빛날 것이다. 그러니 입을 다물어라. 나의 선고는 일단 내려지면 결코 취소할 수 없다. 이 애를 추방한다.

**실리아**   아버님 그 선고를 제게도 내려주세요. 로잘린드 없이는 하루도 못 살아요.

**프레드릭**   어리석은 것이……. 로잘린드는 떠날 준비를 하라. 시일을 넘기면 내 명예를 위해 약속을 지키는 공작의 권위를 위해 너를 죽이겠다. (공작들과 귀족들 퇴장)

**실리아**   아, 가엾은 로잘린드! 어디로 가야 하나요? 아버지를 바꾸세요. 우리 아빠를 드릴게요. 그러나 나보다 더 슬퍼하지 말아요.

**로잘린드**  더 슬퍼해야 할 이유가 있어.

**실리아**  없어요. 언니, 제발 용기를 내세요. 공작은 지금 나를, 당신의 딸을 추방한 거예요.

**로잘린드**  아니야.

**실리아**  아니라고요? 아니라고 한다면 로잘린드에게는 우리 둘을 하나로 묶는 사랑이 없어요. 어떤 일이 있어도 함께 도망갈 궁리를 해야 해요. 어디로 갈 것인가, 무엇을 들고 갈 것인가 생각해야죠. 언니의 불운을 혼자 짊어지지 마세요. 언니의 슬픔을 내게도 나누어 갖게 해야 해요. 우리들의 불행을 보고 시퍼렇게 질린 하늘을 걸어 맹세하거늘 나는 언니와 함께 가겠어요.

**로잘린드**  그래, 어디로 갈까?

**실리아**  큰아버님을 찾아 아든의 숲으로 갑시다.

**로잘린드**  맙소사. 위험천만한 일을 저지르려 하는구나. 연약한 우리들이 그토록 멀리 갈 수는 없어. 아름다운 아가씨는 황금 이상으로 도둑을 유혹한단 말이야.

**실리아**  난 남루한 옷차림을 하고 얼굴을 더럽게 분칠하겠어요. 언니도 그렇게 해요. 그렇게 꾸미면 무사할 거예요. 악한들을 피할 수도 있고요.

**로잘린드**  그보다 이게 어떨까? 나는 보통 아가씨들보다 키가 크기 때문에 발끝에서부터 머리끝까지 남장을 하는 것이? 허리춤엔

멋진 단검을 차고, 손에는 창을 들고 말이야. 마음속으로는 아무리 무서워도 그 두려움을 겉으로 안 나타내는 늠름한 사나이로 행세하는 거야. 세상 사내들은 겉보기엔 용감하지만 속마음은 겁쟁이야.

**실리아**　언니가 남자라면 어떻게 불러야 할까?

**로잘린드**　주피터의 심부름꾼보다 못한 이름은 싫어. 그러니 나를 가네메데라고 불러. 그러나 너를 어떻게 부르지?

**실리아**　무엇인가 내 신세와 관련이 있는 것이 좋겠죠. 이제부터 실리아가 아니라 앨리나라 불러요.

**로잘린드**　호호, 그런데 말이다. 네 아버지 궁궐에서 어릿광대를 꾀어내 보는 게 어때? 우리 여행에 위안이 되지 않겠어?

**실리아**　나와 함께라면 그는 세상 끝까지 따라올 거예요. 어릿광대를 꾀어내는 일은 제게 맡기세요. 자, 갑시다. 보석을 챙기고 패물을 싸야죠. 도망치기에 적당한 시간과 안전한 길을 미리 생각해둡시다. 우리를 뒤쫓을 테니 말이죠. 이제 흐뭇한 마음으로 귀양살이가 아니라 자유를 찾아 떠납시다.

# 제2막

## 제1장 아든의 숲

노공작, 애미언즈 등장. 두세 명의 귀족들이 사냥꾼 복장으로 이들과 함께 등장.

**노공작**  여보게, 귀양살이하는 나의 동지 형제들이여, 이런 생활도 점점 익숙하게 되면 부귀영화보다 나은 것. 이 숲속이 물고 뜯는 궁궐보다 위태롭지 않아 좋지 않은가? 여기에는 아담의 형벌도 없고 계절의 변화도 없어. 엄동설한의 겨울바람이 채찍 되고 사나운 이빨 되어 이 몸을 내리치고 물고 뜯어 추위 때문에 몸이 움츠러들어도 나는 웃으면서 말할 수 있어. 이건 신하들의 아부가 아니다. 이건 신하들의 충정이며, 내가 무엇인가를 깨닫게 해주는 고마움이다. 역경의 교훈은 거룩하다. 역경은 두꺼비처럼 추악하고 독하지만 머리에 귀한 보석이 있다. 속세를 멀리하여 은둔해 있는 우리들은 나무에서 언어를, 개울에서 책을 보며, 돌에서 설교를 듣는다. 우주 만물 속에 선을 본다. 나는 이 생활을 바꿀 수 없다.

**애미언즈**  다복하신 공작님, 냉혹하고 무정한 운명을 고요하고 아름다운 것으로 바꾸어놓으시다니.

**노공작**　자, 모두 함께 사슴 사냥에 나서자. 가련한 얼룩사슴 때문에
　　　　마음이 산란하다. 이 거친 고장, 제 땅의 주인인데도 자기들
　　　　영토에서 화살을 맞아야 하니 말이다.

**귀족 1**　그렇습니다, 공작님. 우울한 제이퀴즈도 그 일을 슬퍼하고 있
　　　　습니다. 사슴 사냥하시는 공작님을 보고 공작님을 추방한 아
　　　　우님보다 더 지독한 약탈자라고 합니다. 공작님, 오늘 저와 애
　　　　미언즈 공은 몰래 제이퀴즈 뒤를 밟았죠. 그는 숲을 끼고 흐르
　　　　는 개울가에 해묵은 뿌리를 디밀고 있는 떡갈나무 아래 벌렁
　　　　누워 있었습니다. 그 장소에는 사냥꾼의 화살에 상처 입은 수
　　　　사슴이 외톨이 되어 오곤 했죠. 불쌍하게도 그 사슴은 쥐어짜
　　　　는 듯한 신음 소리를 내면서 몸부림쳤기 때문에 가죽 털이 팽
　　　　팽해져 터질 듯했습니다. 큼직한 눈물방울이 귀여운 콧잔등
　　　　이에 흘러내렸죠. 바보 같은 짐승은 울적한 제이퀴즈의 시선
　　　　을 받으며 시냇가에 서서 눈물을 흘려 시냇물이 불어나고 있
　　　　었습니다.

**노공작**　제이퀴즈는 뭐라고 말했느냐? 그 광경을 설교조로 뇌까렸겠
　　　　지?

**귀족 1**　그렇습니다. 수많은 비유를 털어놨죠. 첫째 부질없이 시냇물
　　　　에 흘리는 눈물을 보고는 "불쌍한 것, 너도 세상 속물처럼 유
　　　　산을 분배하는구나, 넘쳐나는 재산에 네 몫까지 얹어주는군"
　　　　이라고 말하고 나서 사슴들로부터 버림받아 혼자가 된 데 대
　　　　해선 "당연한 일이지, 불행은 친구도 떼어놓는다"고 말했습니

다. 조금 후에 배불리 포식한 사슴들이 지나가면서도 상처 입은 수사슴에 무관심한 것을 보고 제이퀴즈가 말하길, "썩 물러가라, 살찌고 기름진 이웃들아, 세상 다 그런 거지, 저 불쌍한 패배자를 너희가 돌볼 이유가 어디 있겠는가?"라고 말했습니다. 이처럼 그는 격하게 독검을 휘둘러 궁궐은 말할 것도 없고 도시의 나라 생활까지도 공박하면서 우리들이 약탈자이며 폭군보다 더 악랄해서, 사슴들을 위협하고 죽이고 그들의 보금자리를 침범했다는 거예요.

**노공작**   그가 명상하도록 내버려두었는가?

**귀족 2**   네, 내버려두었습니다. 가련한 사슴을 위로하도록 내버려두었습니다.

**노공작**   그곳으로 안내하라. 우울증에 빠진 그와 토론하는 일이 즐겁다. 이런 때 그는 알짜배기야.


# 제2장  공작의 방


프레드릭 공작이 귀족들을 거느리고 등장.

**프레드릭**   무슨 소리를 하는 거야? 아무도 그들을 본 적이 없다고? 어림없는 소리. 이 궁궐에 있는 하인 놈이 흉계를 꾸며 일부러 그들을 놓쳤음이 분명하다.

**귀족 1**  본 사람이 아무도 없습니다. 시녀들은 따님이 잠자리에 드시는 것을 보았다는 겁니다. 그런데 아침 일찍 침실을 기웃거렸더니 텅 빈 껍데기였다고 합니다.

**귀족 2**  평소에 공작님께 웃음을 터뜨리게 하는 어릿광대도 자취를 감췄습니다. 따님의 몸종 히스페리아가 귀띔해주었습니다만 따님과 질녀는 장사 같은 찰스를 쓰러뜨린 젊은이의 미덕과 재능을 몹시 찬양하고 있었다는 겁니다. 그들이 가는 곳에는 실에 바늘이 따르듯 그 젊은이가 동행한다고 합니다.

**프레드릭**  그자의 형에게 사람을 보내 형을 시켜서라도 그 탕아를 끌어오라. 수색을 늦추지 말고 꼭 데려와야 한다. 빨리 서둘러라. 철없는 도망자들 같으니라고.

## 제3장  올리버의 집 앞

올랜도와 애덤이 별도로 등장해서 서로 얼굴을 맞댄다.

**올랜도**  누구냐?

**애 덤**  아, 막내 도련님이시군요. 도련님, 도련님의 칭찬은 도련님보다 더 빨리 이곳에 전해지고 있습니다. 도련님, 모르십니까? 사람에 따라선 미덕이 오히려 원수가 된답니다. 도련님 경우도 꼭 같죠. 도련님의 미덕도 성스러운 낯짝을 가진 배반자랍니다. 아아, 고약한 일이로군. 미덕을 지닐수록 손해를 보는 세상이라서.

**올랜도**  헛, 아니 어찌 된 영문인가?

**애 덤**  오, 불행한 도련님. 이 문 안쪽으로 들어서지 마십쇼. 이 지붕 아래 도련님의 미덕을 증오하는 적이 살고 있습니다. 도련님의 형님이시죠. 아니야, 형이 아니야. 아들이야. 아니야, 아들도 아니야. 아들이라고 부를 수도 없어. 하마터면 그의 아버님의 이름을 부를 뻔했네. 그 양반이 도련님의 평판을 듣고 오늘 밤 도련님이 주무시는 방에 불을 지를 계획이랍니다. 만약 이 일에 실패하면 다른 방법을 써서라도 말입니다. 그 양반이 털어놓길래 엿들었죠. 여기는 사람이 살 곳이 못 됩니다. 여긴 살 곳이 못 되죠. 이 집은 도살장이랍니다. 무서우니 피하세요. 들어가지 마세요.

**올랜도**  그렇다면 애덤, 나는 어디로 가야 하느냐?

**애 덤**  어디로 가든 상관없지만 이곳만은 피하십쇼.

**올랜도**  뭐야, 거지 노릇이라도 하라는 거냐. 아니면 대로상에서 비열하고 난폭한 칼을 휘둘러 강도질이나 하란 말이냐.

**애 덤**  그건 안 됩니다. 여기 오백 크라운이 있습니다. 아버님 밑에서 뼈 빠지게 일하며 받은 금화를 푼푼이 아껴둔 것입니다. 이 몸이 늙어 손발이 마비되어 천대받고 버림받을 때 의지하려던 목돈입니다. 이걸 가지십쇼. 까마귀도 먹여살리고 참새도 굶지 않도록 보살피는 하느님이 날 버리지는 않겠죠. 이 돈을 받으십쇼. 몽땅 드리겠습니다. 다만 절 하인으로 일하게 해주십쇼. 나이는 들었어도 몸은 튼튼합니다. 젊은이 못지않게 무슨 일이든 열심히 하겠습니다.

**올랜도** 아, 착한 늙은이로다. 옛날 종살이의 일편단심이 그대로 남아 있구나. 옛날엔 종살이를 의무로 했지. 보수를 바라지는 않았다. 그러나 가련한 늙은이여, 주인은 이미 썩은 나무가 되었어. 그대가 구슬땀을 흘려 고생해도 꽃 한 점 피어날 수 없다. 그러나 가자. 함께 떠나도록 하자.

**애 덤** 그러죠. 어르신네, 정성과 충성을 다해 죽을 때까지 따르도록 하겠습니다. 열일곱 살부터 팔십이 된 지금까지 저는 봉사했습니다. 이젠 끝장이 나고 있죠. 열일곱 나이라면 행운을 찾아가 봄직도 하지만 팔십 나이로는 어림도 없죠. 저는 도련님의 충실한 하인으로 죽고 싶어요. 어찌 이보다 더한 운명의 보답이 있겠습니까?

## 제4장 아든의 숲

가니메데로 남장한 로잘린드, 앨리나로 분장한 실리아, 터치스톤 등장.

**로잘린드** 오, 주피터, 저는 너무 지쳤어요!

**터치스톤**　내 다리만 성하면 나는 주피터고 뭣이고 상관 안 해.

**로잘린드**　진심에서 우러난 얘기지만, 남자 복장이 불명예스러워도 여자답게 실컷 울고 싶어. 그렇지만 나는 조끼와 바지를 입었으니 허약한 여인에게 용기를 보여줘야 할 입장이야. 앨리나에게 용기를 보여줘야지.

**실리아**　나 좀 봐요! 더 이상 가지 못하겠어요.

**터치스톤**　제 입장에서는 아가씨를 업어주는 일보다는 참고 견디는 편이 낫지. 업어다 드려도 아무 상관없지만, 가난뱅이 당신한테 땡전 한 푼 있겠어.

**로잘린드**　아아, 여기가 바로 아든의 숲이로군.

**터치스톤**　네, 저도 지금 아든 숲속에 있습니다. 난 바보야. 집에 있으면 이보다 나았을 텐데. 하지만 나그네들은 참아야 해.

**로잘린드**　옳아요. 터치스톤, 참으세요. 보세요. 누가 오네요. 젊은이와 늙은이가 심각한 얘기를 나누고 있네.

　　　코린과 실비우스 등장.

**코　린**　그따위 짓을 하니 여자한테 멸시를 받지.

**실비우스**　오, 코린, 내가 얼마나 그 여자를 사랑하는지 아시나요!

**코　린**　조금은 짐작할 수 있어! 나도 사랑을 해본 적이 있거든.

**실비우스**　천만에요, 코린. 나이 든 당신이 알 턱이 없어. 젊은 때 사랑에 흠뻑 빠져 한밤중에 베개를 껴안고 한숨을 지어본 적이 있다 하더라도 말입니다. 나처럼 사랑에 빠진 사람이 있을 턱이 없지만 가령 당신이 그렇다고 가정합시다. 당신은 사랑 때문에 어리석은 짓을 몇 번이나 저질렀나요?

**코 린**　수없이 많아서 기억할 수도 없어.

**실비우스**　아, 당신은 진실로 사랑에 빠진 적이 없군요! 사랑 때문에 저지른 바보짓을 자세히 기억하지 못한다면 당신은 사랑한 적이 없어요. 지금처럼 애인을 찬양하는 얘기로 상대방을 지루하게 만든 적이 없다면, 당신은 사랑한 적이 없어요. 지금 내가 하고 있듯이 격정에 들떠 상대방 친구로부터 갑자기 떨어져 나가는 일이 없다면 당신은 사랑한 적이 없어요. 오, 피비, 피비, 피비여! (실비우스 퇴장)

**로잘린드**　아, 가련한 양치기! 너의 상처에 귀 기울이다 보니 쓰라린 내 상처가 생각이 났어.

**터치스톤**　나도 그래. 잊을 수 없는 나의 사랑 때문에 돌에 칼을 쳐서 분지른 후, 내 연인 제인 스마일에게 한밤중에 찾아오는 녀석에게 본때를 보여주겠다고 으르렁댔지. 잊을 수 없어. 그 여인의 빨래 방망이에 키스하던 일을. 귀여운 손으로 주무른 젖소의 젖꼭지에도 키스를 했지. 완두 깍지를 그녀라고 생각해서 사랑의 하소연을 했는가 하면 콩알 두 개를 꺼낸 후 다시 깍지에 넣고 눈물을 흘리며 말했었지. "나를 위해 이것을 몸에 다 세요"라고. 진정 사랑에 빠지면 사람들은 미친 짓을 하게 마련이야. 세상 만물은 죽을 운명이라 하지만 연인들은 사랑 속에서 마냥 어리석어질 뿐입니다.

**로잘린드** 아는 것 이상으로 재치 있는 말을 한바탕 쏟아놓는군.

**터치스톤** 제 정강이가 재치에 부딪혀 박살이 나기 전에는 제 재치를 의식하지 못하죠.

**로잘린드** 아아, 저 양치기의 불타는 사랑은 내 가슴의 사랑이어라.

**터치스톤** 저도요. 그러나 제 불길은 꺼져서 재가 되었습니다.

**실리아** 부탁이에요. 당신들 가운데 누구든 저기 있는 사람에게 가서 먹을 것을 팔라고 하세요. 배가 고파 죽겠어요.

**터치스톤** 여보시오, 시골 양반!

**로잘린드** 잠자코 있어. 바보, 네 친척인 줄 알아.

**코 린** 누구요?

**터치스톤** 너보단 나은 사람이야.

**코 린** 아니면 나보다 상놈이겠지.

**로잘린드** 잠자코 있으라니깐. 안녕하세요, 친구들.

**코 린** 안녕들 하슈. 모두들 안녕하슈.

**로잘린드** 실은 부탁이 있어요. 호의라도 좋고 돈을 받아도 좋으니, 이 황막한 땅에서 우리가 환대받을 집이 있으면 안내해주세요. 쉬면서 식사를 하고파요. 여기 있는 아가씨가 여행길에 너무 지쳤어요. 숨을 헐떡이도록 지쳐 도움을 청하고 있어요.

**코 린** 젊은 양반, 딱하게 됐네요. 저보다도 아가씨를 위해서 도움을 줄 수 있을 만큼 제가 부자였으면 오죽 좋겠어요. 하지만 저는 고용살이하는 양치기여서 제가 돌보는 양은 털오라기 하나 마음대로 할 수 없습니다. 우리 주인 양반은 천하의 구두쇠여서 남에게 친절을 베풀어 천당 갈 생각은 아예 접어둔 사람입니다. 게다가 주인의 양 떼도 오두막도 목장도 모두 팔려고 내놓았습죠. 오두막에 주인이 안 살기 때문에 먹을 것이라곤 아무것도 없습니다. 어디 뭐가 있는지 가봅시다. 저는요, 여러분들을 진심으로 환영합니다.

**로잘린드**　주인 댁 양 떼와 목장을 누가 사들여요?

**코　린**　조금 전까지 여기 있었던 젊은이죠. 사고 싶은 기분은 아닌 듯한데요.

**로잘린드**　정직하게 사고파는 일이라면, 양 우리와 목장과 양 떼를 당신이 사줄 수 없어요? 돈은 우리가 낼게요.

**실리아**　당신의 임금도 올려드리죠. 나는 이곳이 좋아요. 이곳이면 즐겁게 지낼 수 있어요.

**코　린**　팔기로 되어 있으니 말이죠. 함께 가봅시다. 얘기를 들어보신 후에 토지와 수입과 이곳 생활이 마음에 드시면 전 기꺼이 여러분의 양치기가 되겠소. 돈을 주시면 즉시 사도록 하겠습니다.


# 제5장　숲속


애미언즈, 제이퀴즈, 기타 등장.


**애미언즈**　(노래한다)

푸른 숲 나무 아래

나랑 함께 누워서

새들의 달콤한 지저귐 따라

즐거이 노래하고 싶은 사람은

오라, 오라, 이리로 오라.

이곳에는 적도 없다

겨울날의 스산함 말고는.

**제이퀴즈**  부탁이다. 부탁이다. 한 곡 더 해다오.

**애미언즈**  노래하면 더욱 우울해지지 않나요, 제이퀴즈?

**제이퀴즈**  그렇지 않아. 부탁이다, 노래를 더 해다오. 난 노래에서 우울을 빨아먹고 산단다, 족제비가 계란을 빨아먹듯이. 더 해다오. 더 해다오.

**애미언즈**  목소리가 거칠어서 당신을 기쁘게 해드릴 수 없습니다.

**제이퀴즈**  나를 기쁘게 해달라는 것이 아니라, 노래를 불러달라는 부탁이다. 자, 불러라, 한 절만 더. 절을 '스탠자'라 하던가?

**애미언즈**  멋대로 부르세요.

**제이퀴즈**  그 명칭에는 관심이 없어. 돈을 빌린 상대도 아닌데. 노래해다오.

**애미언즈**  제가 즐기려는 것이 아니라 청에 못 이겨 하는 겁니다.

**제이퀴즈**  감사하다는 말을 하면서 당신에게 노랠 청하네. 노래하고 싶지 않은 자는 입을 다물어야지.

**애미언즈**  그렇다면 노래를 끝냅시다. 노래하는 동안에 식탁을 차리세요. 공작님은 이 나무 아래서 한잔하실 예정입니다. 공작님은 하루 종일 당신을 찾았어요.

**제이퀴즈**   나는 하루 종일 공작님을 피해 다녔다. 그분은 너무 토론을 좋아하셔서 거북해. 나도 공작님 이상으로 여러 가지 사색에 잠기고 있어. 그러나 나는 이 일을 하늘에 감사할 따름이지 자랑삼지는 않아. 자, 노래하자, 노래를.

**일   동**   (다 함께 노래한다)

세상 야망 다 버리고

햇빛 속에 한데 살며

먹을 음식 찾아

그것으로 만족하는 이들이여,

오라, 오라, 이리로 오라.

이곳에는 적도 없다

겨울날의 스산함 말고는.

**제이퀴즈**   그 가락에 맞춘 시 한 편 주겠다. 어제 만든 즉흥시로, 여간 고심한 것이 아니다.

**애미언즈**   그것을 불러드리죠.

**제이퀴즈**   이런 시라네. (쪽지를 건네준다)

부귀 안락 다 버리고

옹고집 쇠고집 부리려고

어릿광대 바보 되는

그런 세월을 사랑하는 이들이여,

덕대미, 덕대미, 덕대미라

이곳에는 바보가 있다.

오너라, 이곳으로 나를 보러 오너라.

**애미언즈**  '덕대미'란 무엇입니까?

**제이퀴즈**  바보들을 불러내어 원을 만들 때 사용하는 그리스 말로 '주문'이란 뜻이지. 잠이 오면 한잠 잘까 보다. 졸리지 않으면 이집트의 모든 장남들 욕이나 실컷 해볼까 한다.

**애미언즈**  공작님을 모시러 가야겠습니다. 식사 준비가 다 됐거든요.

(퇴장)


# 제6장  숲속


올랜도와 애덤 등장.

**애 덤**  도련님. 이젠 더 이상 갈 수 없습니다. 배고파 죽겠어요. 여기 이렇게 뻗을 테니 내 무덤으로 삼으세요. 안녕히 계세요. 착한 도련님.

**올랜도**  어찌 된 일이냐, 애덤. 기력이 없는가? 더 살아야 해. 기운을 내. 용기를 내. 호젓한 이 숲속에서 야수라도 튀어나오면, 내가 야수의 밥이 되든가 그놈이 내 밥이 되든가 결판이 날 테니 나를 위해서라도 힘을 내줘! 눈앞에 죽음이 있더라도 물리쳐다오. 내 곧 돌아올게. 그때 먹을 것을 갖고 오지 않으면 죽어도 좋다. 그러나 내가 오기 전에 죽으면 내 고생을 네가 비웃는 꼴이 된다. 자, 됐어. 기운이 나 보이는군. 내 금세 돌아올게. 하지만 이곳은 바람이 세차구나. 가자, 안전한 곳으로 데려다줄 테니. 이 험악한 곳에 날짐승만 있으면 너를 굶어 죽이지는 않겠다. 착한 애덤, 원기를 내라.

## 제7장 숲속

식탁이 준비되어 있다. 노공작, 애미언즈, 귀족들이 산적들의 옷차림으로 등장.

**노공작** 그 사람, 짐승으로 둔갑했나. 사람 꼴을 한 그를 볼 수가 없어.

**귀 족** 공작님, 방금 여기 있다 갔습니다. 명랑한 기분으로 노래까지 들었는데요.

**노공작** 불만으로 가득 찬 그가 노래를 듣다니. 하늘의 조화가 깨질 날이 멀지 않겠구나. 가서 찾아보게, 보거든 할 얘기가 있다고 하게.

제이퀴즈 등장.

**귀 족** 저렇게 제 발로 나타나다니 제 수고는 덜었습니다.

**노공작**  이봐, 어찌 된 일인가? 그대를 만나려고 가련한 친구들이 애걸복걸하고 있으니 세상 꼴이 되겠는가? 웬일이야, 기분이 좋아 보이는데!

**제이퀴즈**  바봅니다. 바보요! 숲에서 바보를 만났죠. 얼룩 옷의 바보. 비참한 세상입니다. 틀림없어요. 바보였습니다. 그 녀석, 누워서 햇볕을 쬐고 있었어요. 운명의 여신을 저주하고 있더군요. 멋들어진 말로요. "안녕하세요, 바보 양반" 하고 말을 걸었더니, "아닙니다" 하고 그는 대꾸했죠. "운명의 여신이 나를 버리고 있을 동안만은 나를 바보라고 부르지 마시오"라고 합니다. 그러자 그는 호주머니에서 해시계를 꺼내더니만 멍청한 눈으로 보고 나서 영리하게 말했어요. "열 시로군" "또 세상 돌아가는 모습을 우리는 알 수 있어" "한 시간 전에는 아홉 시를 알렸고, 한 시간 후면 열한 시가 되는 거죠. 이처럼 우리는 시시각각으로 무르익어가는 겁니다. 이렇게 해서 우리는 시시각각으로 썩어가고 곪아들어가니 이것이 바로 문제입니다." 얼룩 옷 바보가 시간에 관한 교훈을 늘어놓을 때 제 허파가 수탉처럼 '꼬끼오' 하고 울기 시작했어요. 바보 녀석이 명상에 잠기니 웃기는 일이었죠. 저는 웃었어요. 쉴 새 없이 웃었어요. 한 시간 동안이나 웃었어요. 아, 거룩한 바보여. 존경하는 바보여! 얼룩 옷 한 벌뿐이었어요.

**노공작**  그 바보가 누구냐?

**제이퀴즈**  아, 존경하는 바보여! 궁궐에 있었던 바보여! 젊고 아름다운 귀부인들이면 금세 알 만하다는 겁니다. 그 녀석 머리는 항해를 마친 후에 말라비틀어진 비스킷 같지만 진기한 얼룩들이 보고 들은 대로 꽉 차 있어 마구잡이로 뱉어놓아요. 아, 나도 바보가 되었으면! 얼룩 옷이 입고 싶어.

**노공작**  한 벌 줄게.

**제이퀴즈**  그 옷이 내 소망의 옷. 그 옷을 입으면 난 바람처럼 자유롭고, 지혜롭고 지혜롭다. 내가 아끼는 친구에게 바보처럼 바람을 몰고 싶다. 얼룩 옷을 받겠어요. 마음대로 이 마음을 터놓으렵니다. 병든 세계의 질병을 말끔히 씻어내겠어요. 내 약방문을 받아만 주신다면.

**노공작**  부질없는 소리! 네가 하고픈 일을 내가 알고 있어.

**제이퀴즈**  저는 착한 일만을 하고 싶습니다.

**노공작**  인간의 죄를 탓하려는 가장 악독한 죄 말이냐. 너 자신도 짐승의 본능대로 살아온 방탕한 인간이며 망나니가 아니냐. 온갖 음탕하고 방종한 행동 때문에 부풀고 진물 나며 곪아 터진 상처의 원한을 이 세상에 왈칵 쏟아놓을 작정이냐.

**제이퀴즈**  하지만 세상의 오만함을 책망하는 일이 특정한 개인을 비난하는 일이옵니까? 오만함은 바다처럼 넘쳐흘러 오만한 자의 재산을 끌어가는 것이 아닙니까. 가령 도회지 여인들이 분수에 넘치게도 공주의 의상을 걸치고 있다고 제가 말했다 합시다. 그렇다고 해서 제가 특정한 여인을 지칭한 겁니까? 어느 여인이 그것은 내 경우라고 들고 나오겠습니까? 그런 여인이 바로 그녀의 이웃으로 있다 할 때 말입니다. 혹은 미천한 신분의 남자가 그것은 자기의 경우라고 생각해서 이 옷은 네가 사준 것이 아니라고 말한다면, 그는 자기 얘기라 생각해서 항의조로 제 말대로 어리석음을 보여주겠습니까? 그래서 말입니다! 어떻게 될 것이냐? 무엇을 알 수 있나? 나의 독설이 상대방에게 어떤 상처를 입혔나? 내 독설이 적중하면 잘못은 그에게 있는 것입니다. 적중하지 않으면 내 독설은 아무에게도 상처를 주지 않고 들오리처럼 허공을 나는 겁니다. 누가 오고 있어?

　칼을 뽑아 든 올랜도 등장.

**올랜도**　꼼짝 마라. 그만들 먹어.

**제이퀴즈**　아무것도 먹은 게 없는데.

**올랜도**　앞으로도 먹지 마라. 우리가 먹어야 한다.

**제이퀴즈**　이 수탉 같은 녀석, 어떤 종자냐?

**노공작**　누구 앞이라고 네놈이 이토록 무례하냐. 궁기가 턱에 찼기 때문이냐, 아니면 예의범절을 경멸하는 못난 태생인가?

**올랜도**　처음 말이 옳다. 굶다 보니 예의범절이고 체면이고 아랑곳하지 않게 되었다. 하지만 나도 도회 태생이고, 예의도 알고 있어. 꼼짝 마라. 그 과일에 손대지 마라, 우리가 먹을 때까지. 손을 내밀면 목숨이 달아날 줄 알라.

**제이퀴즈**　타일러봐야 소용없군. 나는 죽을 수밖에 없구나.

**노공작**   무엇을 원하느냐? 오는 말이 고와야 가는 말도 곱다. 힘으로
는 안 돼.

**올랜도**   굶어 죽기 직전이다. 먹을 것을 다오.

**노공작**   앉아서 먹게, 대환영일세.

**올랜도**   부드럽게 나오시는군. 무례함을 용서해주시오. 이곳에서 만나
는 모든 것이 야만스럽다고 생각한 탓으로 나는 거친 소리에
난폭한 행동을 했소. 하지만 여러분들은 누구시오. 인적 드문
이 벌판에서, 어두운 수목 사이에서, 여유만만하게 빈둥거리며
시간을 보내고 있으니. 한때 좋은 세월을 겪으셨다면, 예배당
으로 이끄는 종소리가 울려 퍼지는 곳에, 착한 사람의 향연이
베풀어지는 곳에서 세월을 겪으셨다면, 눈시울에 넘치는 눈물
을 닦아본 적이 있고, 동정을 하며 동정을 받는 일이 무엇인가
를 알고 있다면, 부드러운 당신들의 호의는 나의 힘이 되어 나
는 얼굴을 붉히며 이 칼을 접어둡니다.

**노공작**   우리들은 행복한 세월을 보낸 적이 있다. 그러니 마음 놓고
편안히 식탁에 앉아라. 너의 갈망을 충족시킬 수 있으면, 무엇
이든 해줄 수 있다.

**올랜도**   그러시다면 잠시 동안 식사를 멈추십시오. 암사슴처럼 먹이
를 물어다 주어야 하는 새끼 사슴을 찾으러 가야 합니다. 가련
한 늙은이는 나에 대한 충성심 때문에 무거운 다리를 끌고 긴
여로를 따라왔습니다. 노령과 굶주림의 두 가지 고생으로 신
음하는 그를 보살핀 후에 저는 식사를 하렵니다.

**노공작**　가서 찾아오게. 그대가 올 때까지 우리는 기다릴 테니.

**올랜도**　감사합니다. 당신에게 신의 가호와 축복이 있기를!

**노공작**　너희들도 보았지. 우리들만이 불행한 것은 아니다. 이 광대한 세계의 무대에는 우리들이 연기하는 장면보다 더 비참한 연극이 벌어지고 있어.

**제이퀴즈**　이 세상은 하나의 무대. 남자나 여자나 인간은 모두가 연기자로다. 그들은 등장하고 퇴장한다. 한평생 동안 사람은 여러 가지 역할을 맡는다. 연령에 따라 막은 일곱 개이다. 제1막은 유년기 ── 유모 품에 안긴 아기는 울며 보챈다. 다음은 개구쟁이 아동 ── 아침 햇살도 찬란히 가방을 메고 달팽이처럼 걸어 억지로 학교에 간다. 다음은 연인들 ── 용광로처럼 한숨 지으며 슬픈 노래로 애인을 찬양한다. 다음은 병사다. 이상한 맹세만을 늘어놓으며 표범 같은 수염을 기른다. 야심에 불타고 걸핏하면 성급한 싸움을 걸고 물거품 같은 명예 때문에 대포 아가리 속에 뛰어든다. 그리고 다음은 재판관 ── 푸짐한 뇌물 때문에 배는 기름지고 매서운 눈초리에 격식을 갖춘 수염, 그럴싸한 격언과 진부한 판례로 제구실을 하고 있다. 제6막으로 바뀌면, 슬리퍼를 신은 여위고 얼빠진 늙은이 콧등에는 코안경, 허리에는 돈주머니, 젊을 때 아껴둔 바짓가랑이가 시든 정강이에 통이 커 보이고 사내다운 우렁찬 목소리는 애들 목소리로 되돌아가서 삐삐 피리 소리를 낸다. 마지막 장면은 파란만장한 인생살이를 끝맺는 장면으로 제2의 유년기요, 망각의 시간이다. 이는 빠지고 눈은 멀고 입맛도 떨어지고 세상은 허무할 뿐이다.

　올랜도와 애덤, 다시 등장.

**노공작**　노인장을 내려놓고 먹을 것을 드리지.

**올랜도**　노인을 대신해서 감사합니다.

**애　덤**　옳으신 말씀. 기운이 없어 감사의 말도 할 수 없군요.

**노공작**　잘 왔네. 다들 먹게. 지금은 신상 문제를 따질 때가 아니다. 풍악을 울려라. 내 조카 애미언즈, 노랠 불러. (노래한다)


불어라, 불어라 겨울바람아,

네가 아무리 쌀쌀 맞은들

은혜를 저버린 놈만 하겠느냐.

너의 모습은 볼 수 없으니

너의 입김이 세차다 해도

너의 이빨은 아프지 않다.

헤이-호! 노래하라, 헤이-호!

푸른 사철나무 바라보며

우정은 거짓이오, 사랑은 미친 지랄.

그러니 헤이-호! 사철나무!

인생은 즐겁고 즐겁구나.

얼어라, 얼어라,

겨울 하늘 은혜를 잊는 자보다

너는 가슴에 상처를 주지 않는다.

냇가 물을 얼리게 해도

배반을 일삼는 친구보다도

너의 가시는 아프지 않다.

헤이-호!, 노래하라, 헤이-호

**노공작**  네가 선량한 롤런드 경의 아들이라면 난 마음속 깊이 뜨겁게 너를 환영하마. 네 얼굴에 그분의 모습이 담겨 있구나. 진심으로 환영하는 바다. 나는 너의 부친을 사랑한 공작이다. 착한 늙은이여, 당신의 주인도 환영이오.

# 제3막

## 제1장  궁전

프레드릭 공작, 올리버, 귀족들 등장.

**프레드릭**  그 이후론 본 적이 없다고? 당치않은 소리 마라. 내 품성이
자비롭지 못했으면 여기 없는 그 녀석 대신에 코앞에 있는 네
놈에게 앙갚음했을 것이다. 그러니, 경청하라. 네 동생을 찾아
내라. 그놈이 어디 있든지 말이다. 후미진 곳을 샅샅이 뒤져
라. 죽어 있든 살아 있든 간에 일 년 안으로 찾아내라. 그렇지
않으면 너는 이 영토에서 두 번 다시 햇빛을 보지 못할 것이
다. 너의 토지재산과 몰수해도 좋을 만한 물건들은 모조리 압
류해둔다. 너에 대한 씻을 수 없는 혐의가 네 동생의 입을 통
해 풀릴 때까지 말이다.

**올리버**  공작 각하, 이 마음을 통찰해주십시오. 소생은 지금까지 동생
을 사랑한 적이 없습니다.

**프레드릭**  고얀 놈이로군. 이놈을 밖으로 끌어내라. 담당관으로 하여
금 이놈의 토지와 가옥을 몰수케 하라. 급히 서둘지어다. 이놈
을 당장 추방시켜라.

# 제2장 숲속


올랜도가 종이쪽지를 들고 등장.

**올랜도**　내 노래여, 나무에 매달려 내 사랑을 증언하라. 그대 밤의 여
왕 달님이여, 푸른 하늘에서 맑은 눈으로 지켜보아라 — 숲의
여인을, 내 운명을 지배하는 미인을. 아, 로잘린드. 나무는 나
의 수첩. 나는 나무껍질에 내 사랑을 적으려 한다. 숲속에 있
는 수많은 눈들이 곳곳에 걸린 미덕의 증거를 볼 것이다. 달려
라, 달려. 올랜도, 나무에 새겨라 — 말로 다할 수 없는 아름다
운 그대 이름을.

코린과 터치스톤 등장.

**코　린**　한데 터치스톤 양반, 양치기 생활은 어떠신지요?

**터치스톤**　그래, 양치기란 원래는 즐거운 생활인데 양치기의 생활이라
는 점에서 볼 때 보잘것없어. 고독이라는 점에서는 썩 마음에
들지만 너무 동떨어진 생활이라는 점에서는 신통치 않아.
전원생활이라는 점에서는 마음에 들지만 궁궐 속에 있지 않다
는 점에서는 지루하지. 소박한 생활이라는 점에선 내 마음에
쏙 들지만 풍족하지 못하다는 점에서는 뱃가죽이 등에 붙어.
자넨 이 생활에 무슨 철학이라도 있나?

**코　린**　소생이 알고 있는 것은, 사람이란 병들수록 기분이 나빠진다

는 겁니다. 돈과 힘과 만족이 없는 사람은 좋은 친구 셋이 없다는 겁니다. 비의 속성은 젖는 것이고 불은 타는 겁니다. 목장이 좋으면 양은 살찌고, 밤이 어두운 것은 태양이 없기 때문이죠. 원 태생이 얼간 반푼인 데다 공부가 부족하면 교육을 탓하고 일가친척을 탓하게 마련입니다.

**터치스톤**  그런 자는 타고난 학자야. 궁궐에 가본 적이 있는가?

**코 린**  아니요, 한 번도.

**터치스톤**  네놈은 망했다.

**코 린**  천만의 말씀.

**터치스톤**  설익은 반평이가 됐으니 넌 망할 수밖에 없구나.

**코 린**  궁궐에 가본 적이 없다고 해서요? 궁궐에 가본 적이 없는 게 이유인가요?

**터치스톤**  궁궐에 가본 적이 없으니 예의범절이 엉망이겠지. 모범적인 예의범절을 못 봤으니 네놈 행실이 나쁘겠지. 행실이 나쁘면 죄가 돼. 죄를 지었으니 망할 수밖에. 너는 지금 위기에 직면했어.

**코 린**  어림없는 소리 마세요. 궁궐의 예의범절은 시골에서는 꼴불견이죠. 시골의 예의범절이 궁궐에서 웃음거리가 되는 것처럼요. 궁궐에서는 인사 대신 손에 키스한다죠. 궁신들이 양치기라면 그런 예의는 불결해요.

**터치스톤**  그걸 증명할 수 있나? 어서 증명해봐.

**코 린**  우린 밤낮으로 양을 매만지죠. 양가죽은 기름때투성이예요.

**터치스톤** 궁신들의 손엔 땀이 안 나나? 양기름이 사람의 땀보다 불결하단 말인가? 틀렸어, 틀렸어. 좀 더 멋지게 증명하게.

**코 린** 게다가 우리 손은 딱딱해요.

**터치스톤** 그건 입술을 대면 알 수 있어. 틀렸어. 더 멋지게 증명해보게.

**코 린** 우리들의 손은 양의 상처에 바르는 약으로 더럽혀져 있어요. 약에다 키스하라는 겁니까? 궁신들의 손은 사향이 풍기죠.

**터치스톤** 쓸개 빠진 녀석! 상등품 고기에 비교한다면 너는 썩은 고깃덩이야! 현자로부터 배우고 생각을 해보게. 사향은 그 약품보다 더 저질이야. 더러운 고양이 똥으로 만들어. 증명을 더 해봐.

**코 린** 궁궐에서 배운 당신 재치에 못 당하겠소. 손들었습니다.

**터치스톤** 망해도 좋은가? 신이여, 이 못난 몸을 도우소서! 하느님의 침을 맞아야 해. 멍청이 같으니.

**코 린** 보세요, 저는 천상 노동자예요. 먹기 위해 일하죠. 입기 위해 일하죠. 미움을 사지 않고 남의 행복을 부러워 않습니다. 남이 기쁘면 함께 기뻐하고 내 슬픔은 혼자 삼키죠. 제 자랑거리는 풀 뜯는 양을 보고 젖 빠는 새끼 양을 보는 일입니다.

**터치스톤** 그건 또 한 가지 죄악이야. 암양과 숫양을 흘레 붙이는 짓이나 하다니. 방울 단 우두머리 양의 뚜쟁이 노릇이나 하고, 일년생 암양을 속여서 뿔이 휘어져 여편네에게 버림받은 늙은 숫양에게 붙여주다니 천부당만부당한 노릇이야.

로잘린드, 종이쪽지를 읽으면서 등장.

**로잘린드**  "동인도에서 서인도까지 훑어도

　　　　　　로잘린드 같은 보석은 없노라.

　　　　　　그녀의 명성은 바람을 타고 널리 퍼져

　　　　　　온 세상이 로잘린드를 받드는구나.

　　　　　　천하에 아름다운 그림도

　　　　　　로잘린드와는 비교할 수 없다.

　　　　　　다른 어떤 얼굴도 마음에 담지 말자,

　　　　　　로잘린드의 아름다운 모습 말고는."

**터치스톤**　그런 식의 운이라면 8년간은 할 수 없어. 먹고 자는 시간만

　　　　　　빼고 버터 장수 아낙들이 줄지어서 시장을 치닫는 운이로군.

**로잘린드**　저리 가, 바보.

**터치스톤**　본보기를 보여야지.


　　　　　　수사슴이 암사슴을 탐내면

　　　　　　가서 만나거라, 로잘린드.

　　　　　　고양이도 짝을 찾아 우는데

　　　　　　사랑을 버릴쏜가, 로잘린드.

　　　　　　겨울옷 안을 대듯이

　　　　　　너도 안을 붙이려무나.

　　　　　　벼를 베어 볏단을 묶어

수레에 싣고 가자꾸나, 로잘린드.

알맹이가 달면 껍질은 쓰다.

그런 알맹이가, 로잘린드,

아름다운 장미를 보게 되면

사랑의 가시와 함께 보리라, 로잘린드.


이것은 마구 뛰는 엉터리 장단입니다. 고약한 병에 걸리셨네요.

**로잘린드**　닥쳐, 바보 녀석아! 나무 위에 걸려 있었어.

**터치스톤**　그렇군요, 열매가 형편없는 나무도 있습니다.

**로잘린드**　그 나무를 너와 접목시킬게. 그걸 다시 모과나무에 접붙일래. 이 고장에서 제일 먼저 열매를 맺겠지. 너는 반 토막이 익기 전에 썩어버릴 테니. 썩어야 먹는 게 모과 열매가 아니겠어.

**터치스톤**　말씀 다 하셨어요? 그 말이 옳고 그른지는 이 숲이 판단할 겁니다.

　　실리아가 종이쪽지를 들고 읽으며 등장.

**로잘린드**　쉿! 내 동생이 무언가 읽으면서 오고 있어. 숨자.

**실리아**　이곳은 왜 이토록 쓸쓸할까?

　　사람이 없기 때문인가?

　　아니야. 나무마다 혀를 달아볼까?

그렇게 해서 말을 토해놓도록 할까.

그러나 우아한 가지마다 말끝마다

나는 쓰리라, 로잘린드.

읽는 사람 모두에게 가르쳐주자.

하늘이 온갖 솜씨를 부려

그녀의 몸을 만들었다고.

그러기 때문에 하느님은

자연에게 명령하여 이 세상 모든 아름다움을

한 몸에 채우도록 하셨다.

자연은 명을 받들어 모았다.

헬레네의 마음은 버리고 뺨을 모았다.

클레오파트라의 위엄을,

아탈란타의 미덕을,

슬픈 루크레티아의 정절을 모았다.

언니 로잘린드는 진수만으로 조각되어 만들어졌다.

눈동자와 얼굴 전부도, 마음씨까지도

아름답고 사랑스럽게 빚어졌다.

하느님이여, 이토록 탁월한 미덕의 소유자에게

이 몸이 그녀를 위해 살고 죽도록 하소서.

**로잘린드**　　아, 갸륵한 설교자! 지루한 사랑의 설교로 신자들을 괴롭히

면서 "여러분, 잠깐만 참으세요"라는 말도 없구나.

**실리아**　　너무해요, 저리 비켜요! 양치기 양반도 저리 가요. 저리들 가

봐요.

**터치스톤**  가자, 양치기, 명예로운 철수를 하자고. 보따리 짐짝은 없더라도, 챙길 것은 챙기고 줄행랑치자. (코린과 터치스톤 퇴장)

**실리아**  언니, 시 들으셨죠?

**로잘린드**  들었어, 전부 다 들었지. 몽땅 다 듣고말고. 보통 시보다는 운이 넘쳐 있었기 때문이지.

**실리아**  하지만 언니 이름이 나무마다 걸려 있고, 줄기마다 새겨져 있었을 텐데 놀라지 않았어요?

**로잘린드**  네가 오기 전 아흐레 가운데 이레 동안에 실컷 놀랐다. 이것이 종려나무에 걸려 있었어. 피타고라스 시대 이후로 나는 처음으로 시의 주인공이 되었어. 그 시대에 난 아일랜드의 생쥐였는지도 몰라.

**실리아**  이런 장난을 누가 했을까요?

**로잘린드**  남자일까?

**실리아**  언니가 걸고 있던 목걸이를 언젠가 그분에게 걸어드렸지. 아니, 언니 얼굴색이 달라지네.

**로잘린드**  그 사람이 누군데?

**실리아**  오, 하느님! 친구의 만남이란 이토록 어려운 것인가요. 그러나 산도 지진이 나면 움직여 서로 만나지 않나요?

**로잘린드**  하지만 누굴까?

**실리아**  누군지 모른다니요?

**로잘린드**  간곡히 머리 숙여 청하옵고 부탁드리는데 누군지 말해줘.

**실리아**  아, 놀랍고, 너무나 놀라워. 그러고도 더욱 놀라워 놀랍다고 말할 수도 없어.

**로잘린드**  난 여자야. 너는 내가 남장을 했다고 해서 마음까지 남자가 되었다고 생각하니? 더 이상 지체하면 남쪽 바다처럼 성날 거야. 제발 부탁이야. 그가 누군지 어서 말해줘. 부탁이야, 시원한 소식을 마시게 입에서 병 마개를 빼다오.

**실리아**  배 속에 그 남자가 들어가버리게요?

**로잘린드**  그 사람도 하느님이 만드셨겠지. 어떤 남자일까? 모자를 쓸 만한 머리는 있을까? 수염을 기를 만한 턱은 있을까?

**실리아**  턱수염은 약간 났을 뿐이에요.

**로잘린드**  하느님이 더 나도록 해주시겠지. 그분이 고마워한다면, 네가 그분의 턱을 알려주기만 하면 나는 턱수염이 자랄 때까지 기다리겠어.

**실리아**  그분은 젊은 올랜도예요. 씨름꾼의 뒷다리와 언니의 마음을 순식간에 뒤엎은 젊은이죠.

**로잘린드**  놀릴 거면 악마를 상대해! 착한 처녀답게 진실을 말해줘.

**실리아**  정말이지, 그분이에요.

**로잘린드**  올랜도?

**실리아**  올랜도.

**로잘린드**  아, 어쩌면 좋아! 바지와 조끼를 걸치고 있니? 그분을 만났을 때 뭘 하고 있더냐? 뭐라고 말하더냐? 얼굴 생김은 어때? 어떤 복장이었어? 여기서 뭘 한대? 내 얘기를 묻더냐? 어디

계시대? 헤어질 때 뭐라고 말했지? 언제 만날 예정이야? 말해 줘, 한마디로.

**실리아**  거인 가르강튀아의 입이 없고서야 힘들겠어요. 이 조그마한 입으로 말하기에는 너무나 벅차요.

**로잘린드**  그분은 내가 이 숲에서 남장하고 있는 것을 알고 있어? 씨름 하던 날처럼 그분은 원기왕성해 보였어?

**실리아**  사랑하는 사람의 질문은 바닷가 모래알 헤아리기보다 더 어 렵군요. 그러나 그분 얘기를 맛보기로 들려줄게요. 잘 음미해 서 들으세요. 땅에 떨어진 도토리처럼 그분은 나무 아래 앉아 있었어요.

**로잘린드**  열매를 떨어뜨리는 나무라면 주피터 신의 거룩하고 성스러 운 나무로군.

**실리아**  제발 듣기만 해요. 착한 언니.

**로잘린드**  계속해보렴.

**실리아**  누워 있었어요. 몸을 쭉 뻗고 마치 부상당한 기사처럼요.

**로잘린드**  보기에 딱한 광경이지만 배경에 어울리는군.

**실리아**  언니 입 좀 다물어요. 너무 성급하셔. 그분의 옷차림은 마치 사냥꾼…….

**로잘린드**  아이 무서워라. 내 가슴을 겨냥하겠네.

**실리아**  옆 장단 작작 치세요. 노랫가락이 풍비박산으로 흐트러져요.

**로잘린드**  나도 여자란 걸 알아야지. 입이 근질근질해서 못 참겠어. 좋 아, 말해보렴.

**실리아**   또 옆 장단이네. 쉿, 그분이 와요.

　　　올랜도와 제이퀴즈 등장.

**로잘린드**   그분이다. 숨어서 지켜보자.

**제이퀴즈**   만나봬서 즐겁소. 그러나 사실은 혼자 있는 편이 더 나을 뻔했소이다.

**올랜도**   동감입니다. 하지만 예의상 저도 당신을 뵙게 되어 기쁘다고 말해야겠습니다.

**제이퀴즈**   안녕히 가시오. 될수록 드문드문 만납시다.

**올랜도**   서로 모른 척하고 지냅시다.

**제이퀴즈**   부탁이오, 앞으로는 나무껍질에 사랑의 노래를 새기지 마세요. 나무가 상합니다.

**올랜도**   부탁이오, 앞으로는 심술궂게 제 시를 읽지 마세요. 내 노래가 상합니다.

**제이퀴즈**   로잘린드가 애인 이름이오?

**올랜도**   그렇고말고요.

**제이퀴즈**   이름이 마음에 들지 않소.

**올랜도**   당신 마음에 들자고 지은 이름은 아닐 테니까요.

**제이퀴즈**   키는 얼마나 되죠?

**올랜도**   이 가슴에 와 닿을 정도죠.

**제이퀴즈**   멋있는 대답이군. 금방 아낙네들과 사귄 적이 있나요. 반지에 새긴 글귀를 많이 알고 있으니 말이에요.

**올랜도**    그렇지 않습니다. 벽걸이에 새긴 글귀로 대답했죠. 당신의 질문이 거기서 나온 듯해서 말입니다.

**제이퀴즈**    재치 넘쳐. 발빠른 아탈란타의 신발 뒤축으로 만든 모양이지. 여기 잠깐 앉아서 당신과 나, 세상 푸념이나 신세타령을 실컷 해봅시다.

**올랜도**    이 세상 무엇을 탓할 수 있겠소? 나 자신의 결점 이외에는 비난할 게 없어요.

**제이퀴즈**    당신의 최대의 결점은 사랑에 빠졌다는 사실이오.

**올랜도**    당신의 최대의 미덕과도 그 결점을 바꾸고 싶지 않습니다. 당신은 답답한 분입니다.

**제이퀴즈**    실은 바보를 찾고 있었는데 당신을 만났어요.

**올랜도**    바보는 강물에 빠졌습니다. 들여다보세요. 보일 겁니다.

**제이퀴즈**    들여다보면 내 모습이 보이겠죠.

**올랜도**    바보가 아니면 맹탕 헛것이겠죠.

**제이퀴즈**    당신과 할 얘기가 없소. 안녕히, 이 상사병자여.

**올랜도**    헤어지게 되어 반갑습니다. 잘 가세요, 우울병 환자여.

      제이퀴즈 퇴장

**로잘린드**    (실리아에게 방백으로) 건방진 하인처럼 말을 걸어서 그분을 놀려볼까. 내 말 들리슈, 사냥꾼 아저씨?

**올랜도**    네, 들려요. 무슨 일이오?

**로잘린드**    지금 몇 시죠?

**올랜도**　오늘이 며칠이냐고 물으시죠. 숲속에는 시계가 없어요.

**로잘린드**　그렇다면 숲속에는 진정한 연인도 없겠네요. 있다면 일 분마다 한숨짓고 시간마다 신음 소리에 느린 시간을 측정할 수 있을 텐데요.

**올랜도**　어째서 빠른 시간의 움직임이라고 하지 않습니까? 그게 더 적절한 말이 아닐까요?

**로잘린드**　그렇지 않습니다. 시간은 사람에 따라 다르게 움직이죠. 시간은 사람에 따라 느릿느릿 기어가거나 총총걸음을 치거나 달리거나 아니면 완전히 정지되는 법이랍니다.

**올랜도**　말해주세요. 총총걸음이라뇨?

**로잘린드**　네, 약혼식을 올린 후 결혼하는 날까지 기다리는 처녀의 시간입니다. 비록 그 기간이 일주일뿐이라도 시간은 총총걸음으로 칠 년간의 지루한 느낌이랍니다.

**올랜도**　느린 걸음이라뇨?

**로잘린드**　라틴어를 모르는 신부와 중풍을 모르는 부자의 경우죠. 왜냐하면 신부는 공부가 안 되기 때문에 쉽게 잠들고 부자는 고통을 모르기 때문에 즐겁게 살기 때문이죠. 신부는 학문의 무거운 짐을 지면서 헛수고할 필요가 없고, 부자는 가난의 고통스러운 짐을 지지 않아도 되기 때문이죠. 이 사람들에게 시간은 느릿느릿 가는 겁니다.

**올랜도**　달리는 시간은 어느 경우죠?

**로잘린드**　교수대로 끌려가는 강도의 경우죠. 아무리 천천히 가려 해도 눈 깜짝할 사이거든요.

**올랜도**    시간은 누구에게 멈추나요?

**로잘린드**    그것은 휴가 중인 변호사. 재판과 재판 사이는 잠들고 있기 때문에 시간의 흐름을 모르는 겁니다.

**올랜도**    어여쁜 청년이여, 어디에 살고 있소?

**로잘린드**    이 양치기 처녀와 함께요. 내 동생이죠. 함께 속치맛단 같은 숲 가장자리에 살고 있죠.

**올랜도**    이곳 태생이오?

**로잘린드**    저기 있는 토끼는 태어난 곳에서 살죠? 저도 그래요.

**올랜도**    당신의 말씨는 세련되어 있어서 시골 티가 나지 않소.

**로잘린드**    저는요, 그런 말 많이 들었어요. 사실은, 늙은 아저씨 한 분이 계신데 그분은 도회지 출신이라 도회지 말을 배웠죠. 그분은 그곳서 교양을 익혔어요. 그곳서 사랑도 하고요. 아저씨는 저에게 절대로 연애만은 하지 말라고 하셨어요. 여자가 아닌 것을 하느님께 감사했죠. 여자에 붙어 다니는 갖가지 흉측한 죄악을 벗어날 수 있으니 말이에요.

**올랜도**    아저씨가 여인의 죄악이라고 열거한 악덕 가운데서 기억나는 것이 있나요?

**로잘린드**    뚜렷한 것은 없습니다. 모두가 반푼짜리 동전처럼 비슷했어요. 말하자면 모두가 도토리 키 재기 같은 것이었죠.

**올랜도**    몇 가지만 애기해주시오.

**로잘린드**    싫어요. 병자도 아닌 사람에게 약을 함부로 주다니요. 지금 그런 남자가 숲속을 헤매고 있어요. 어린 나무껍질에 로잘린 드라는 이름을 새기고 있어요. 아가위나무에 시를 걸고, 가시 덤불에 슬픈 노래를 걸고 다녀요. '로잘린드'라는 이름을 신주 모시듯 떠받들고 있어요. 이 연애쟁이를 만나기만 하면 충고 해줄 생각이에요. 그분은 상사병에 걸린 모양이니깐요.

**올랜도**  상사병에 걸린 사람이 바로 나올시다. 치료법을 가르쳐주 시오.

**로잘린드**  아저씨가 말한 상사병 증세가 당신에게는 보이지 않아요. 상사병 환자를 알아보는 법을 아저씨는 가르쳐주었어요. 당 신은 사랑의 새장 속에 갇혀 있지 않아요.

**올랜도**  상사병 증세라뇨?

**로잘린드**  핼쑥한 뺨 ― 당신은 그렇지 않아요. 검푸르고 움푹 팬 눈 가장자리 ― 당신은 그렇지 않아요. 말하기도 싫은 심정, 텁수 룩한 수염 ― 당신은 그렇지 않아요. 이 점은 후하게 봐드리 죠. 동생의 몫이라 형편없어요. 그리고 풀어헤친 양말대님, 풀 린 모자 끈, 끌러진 소매 단추, 헐렁한 구두끈, 몸차림 모두가 무관심한데 당신은 그렇지 않아요. 당신은 그런 사람이 아니 에요. 당신의 옷차림은 빈틈이 없어요. 당신은 남을 사랑하는 것이 아니라 자신을 사랑하고 있는 듯해요.

**올랜도**  젊은이, 내 사랑을 어떻게 하면 믿을 수 있는가?

**로잘린드**  내가 믿으라고요! 당신의 연인한테 믿으라고 하는 편이 더 좋 을 텐데요. 그 연인은 입으로 말하기보다도 빠르게 믿어주시겠죠. 여자란 그렇게 해서 언제나 양심을 속이는 법이에요. 그런데 정말이지, 당신이었군. 로잘린드가 그토록 원한 시를 그 나무에 걸어놓은 것이 말이에요.

**올랜도**　맹세하리다, 젊은이여. 로잘린드의 하얀 손에 걸어 맹세컨대 불량한 남자는 나다.

**로잘린드**　그런데 당신의 사랑은 시구절 그대론가요?

**올랜도**　내 사랑은 시로는 다 표현할 수 없소.

**로잘린드**　사랑은 광기예요. 그러나 미친 사람에게는 캄캄한 골방과 곤장이 어울리죠. 그러나 이런 치료법을 쓸 수 없는 이유는 흔한 사랑과 광기로, 매질하는 사람까지 사랑에 빠져버렸기 때문이에요. 하지만 저는 충고로써 고쳐볼래요.

**올랜도**　지금까지 고쳐본 적이 있습니까?

**로잘린드**　네, 한 사람. 이런 방식이었죠. 나를 그의 애인으로 상상케 해서 치료했죠. 그래서 나는 매일 사랑의 하소연을 들었던 것입니다. 그 일에 대해서 나는 원래가 기분파였기 때문에 슬퍼하고 나약해지고 변덕을 부리며 사랑을 호소하고 거만을 떨다가 몽상에 잠기고 수작 떨고 경거망동하고, 변절에 울었다 웃었다 했습니다. 온갖 정열을 약간씩은 보여주되, 진짜 정열은 없다는 식으로 말입니다. 어린이나 여자들은 대충 이 같은 종류의 동물이 아니겠습니까? 좋다 싶으면 싫어지고, 반갑다 하다 보면 괄시하고, 눈물이 나다가도 침을 뱉고 이런 사람을 나는 사랑의 광기로부터 진짜 광중으로 유도했습니다. 그는 세상 소용돌이를 멀리하여 절간 같은 으슥한 곳에 살게 되었어요. 이렇게 해서 그의 병을 고쳤습니다. 이 방법으로 당신의 간장을 건강한 양의 심장처럼 깨끗하게 씻어내어 사랑의 티끌이 한 점도 없게 해드리겠습니다.

**올랜도**    젊은이, 난 치료를 받고 싶지 않네.

**로잘린드**    고쳐드리겠습니다. 만약에 저의 이름을 로잘린드라 부르신다면, 그리고 매일처럼 오두막으로 사랑을 고백하러 오신다면.

**올랜도**    그렇다면 내 사랑에 맹세해서 그렇게 해보자. 오두막이 어디 있소?

**로잘린드**    함께 갑시다. 보여드릴게요. 그리고 당신이 숲속 어느 곳에 살고 계신지 알려주세요. 자, 갑시다.

**올랜도**    네, 갑시다, 젊은이.

**로잘린드**    아녜요. 저를 로잘린드라 불러야 해요. 자, 여동생, 가자.(일동 퇴장)


# 제3장   숲속


터치스톤과 오드리 등장, 제이퀴즈 따라 등장.

**터치스톤**    빨리 와, 오드리. 염소는 내가 나중에 끌고 올게. 어때, 오드리, 나 괜찮지? 순진한 내 용모가 마음에 들지?

**오드리**  당신의 용모라뇨? 아이고 맙소사, 용모라뇨?

**터치스톤**  내가 너와 양들과 함께 있는 것은 변덕스러운 시인, 정직한 시인, 오비디우스가 고트족과 함께 있는 꼴이다.

**제이퀴즈**  (방백) 당치도 않는 지식의 사랑이로군. 주피터 신이 초가집에 사는 꼴이로군!

**터치스톤**  자기 시를 남들이 이해 못 하거나 자신의 재치가 조숙한 어린이의 이해력으로도 인정받지 못하면 여관방에 들었다가 호텔 값을 치르는 것 이상으로 타격이 큰 법이야. 정말이지, 하느님이 너를 시인으로 만들어주었으면 얼마나 좋았을까?

**오드리**  시인은 뭔가요? 언동이 정직하다는 뜻인가요. 진실하다는 건가요?

**터치스톤**  그게 아냐. 진정한 시일수록 거짓 투성이야. 연인들은 시에 취하고 시에 맹세하지. 그러나 허황된 일이야.

**오드리**  당신은 제가 시인이기를 바라세요?

**터치스톤**  사실은 그렇다. 너는 정직을 맹세하기 때문이야. 그런데 만약에 네가 시인이라면 네가 거짓말하고 있다는 희망을 가질 수 있지.

**오드리**  정직하면 안 되나요?

**터치스톤**  안 돼. 정말이지, 네가 못났다면 모르지만 정직과 미모가 합치면 설탕물에 꿀 탄 격이지.

**제이퀴즈**  (방백) 제법인데!

**오드리**　하지만 전 미인이 아닌걸요. 그래서 하느님께 정직한 마음을 주십사고 빌고 있어요.

**터치스톤**　사실이지, 매춘부에게 정숙을 주는 것은 더러운 접시에 싱싱한 고기를 담는 꼴이야.

**오드리**　저는 매춘부가 아니에요. 하느님 덕분에 못생기긴 했어도요.

**터치스톤**　그렇군. 못생긴 걸 다행으로 여기자. 언제든 매춘부는 될 수 있으니깐. 그건 그렇고, 어떤 일이 있어도 너와 결혼할래. 그 때문에 나는 이웃에 사는 올리버 마텍스트 목사님을 만났어. 목사님께서는 이곳 숲에 오셔서 우리를 만나 결혼식을 올려주신대.

**제이퀴즈**　(방백) 이 결혼식을 보고 싶네.

**오드리**　하느님, 우리들에게 기쁨을 주세요.

**터치스톤**　아멘, 겁쟁이 남자라면 사지가 후들후들할 거다. 이곳은 예배당이 아니고 숲속이기 때문이야. 손님들이라곤 뿔 돋친 짐승들뿐이기 때문이지. 그러면 어때? 용기를 내는 거다. 뿔은 흉측하지만 필요해. 그뿐인가 성벽 있는 도시가 촌마을보다 더 값나가듯이 장가든 사나이의 뿔난 이마가 맨숭맨숭한 홀아비 이마보다 더 낫지.

　올리버 마텍스트 등장.

올리버 마텍스트 경, 잘 만났습니다. 이 나무 아래서 처리해주십쇼. 아니면 함께 예배당으로 갈까요?

**올리버 경**  신부 쪽 사람이 아무도 없소?

**터치스톤**  선물 받듯이 신부를 받고 싶지 않은데요.

**올리버 경**  신부를 인도하는 사람이 없으면 결혼은 성립될 수 없습니다.

**제이퀴즈**  (앞으로 나서며) 식을 올리시오. 내가 신부를 넘기겠소.

**터치스톤**  안녕하시오, 뉘신지는 모르지만 잘 만났습니다. 장난 같습니다만 모자를 쓰십쇼.

**제이퀴즈**  바보 녀석. 결혼하고 싶은 모양이지.

**터치스톤**  소에 멍에가 있듯이, 말에 재갈이 있듯이, 매에 방울이 있듯이 사람에게는 욕정이 있습니다. 비둘기 짝지어 입 맞추듯 사람도 짝지어 부부가 됩니다.

**제이퀴즈**  너는 양갓집 태생 같은데 거지처럼 수풀에서 식을 올려? 예배당으로 가서 결혼이 무엇인지 알고 있는 목사님에게 부탁해. 이 사람은 널빤지 붙이듯 너희들을 붙여놓을 뿐이다. 그렇게 되면 한쪽은 오그라져서 생나무처럼 뒤틀리고 말게다.

**터치스톤**  마음이 내키지는 않지만 이 양반한테 주례 받는 것이 나을 것 같아. 왜냐하면 이 양반은 솜씨가 서툴기 때문이거든. 서툰 결혼식을 올려야 나중에 아내를 버릴 수 있는 구실이 된단 말이야.

**제이퀴즈**  함께 가서 의논하도록 합시다.

**터치스톤**  가자, 오드리! 식을 올리지 않으면 동거 생활이라도 하자. 잘 가세요, 올리버 선생. 아름다운 올리버, 용감한 올리버, 나를 버리지 말아요. 그러나 가거라, 가라. 너에게 예식을 부탁……, 어림도 없다. (제이퀴즈, 터치스톤, 오드리 퇴장)

**올리버 경**  상관없다. 저따위 엉터리 녀석이 나를 모욕해도 나의 목사 직은 끄떡없다.


# 제4장  숲속


로잘린드와 실리아 등장.

**로잘린드**  아무 말도 하지 마. 난 울고 싶어.

**실리아**  울어보아요. 하지만 눈물 짜는 것은 남자에게 어울리지 않는 다는 것을 기억하세요.

**로잘린드**  그러나 나는 울어야 될 필요가 있어.

**실리아**  충분한 이유는 되죠. 그러니 울어보아요.

**로잘린드**  그분의 머리 빛깔까지 빨간 거짓말 빛으로 보여.

**실리아**  유다의 머리털보다 더 붉어요. 유다의 입맞춤은 배반의 키스죠.

**로잘린드**  사실은 그분의 머리 빛깔은 아름다워.

**실리아**  멋진 빛깔이죠. 언니 밤색 머리칼 이상 또 있겠어요.

**로잘린드**  그리고 그분의 키스는 성찬식의 빵처럼 부드러워.

**실리아**  한겨울 수도원의 수녀님도 그토록 거룩한 키스를 할 수 없을 거예요. 그 입술은 얼음장같이 깨끗해요.

**로잘린드**    그러나 오늘 아침에 온다고 약속하고 왜 오질 않을까?

**실리아**    그분에겐 진실이 없기 때문이죠.

**로잘린드**    사랑의 진실이 없다는 얘기냐?

**실리아**    사랑에 빠지면 진실해지겠죠. 그런데 사랑에 빠진 것 같지 않아요.

**로잘린드**    사랑의 맹세를 너도 들었지?

**실리아**    과거와 현재는 달라요. 게다가 사랑하는 남자의 맹세는 술집 웨이터의 말과 같아서 둘 다 엉터리죠. 그분은 이 숲에서 언니 아버님 공작을 모시고 있다면서요?

**로잘린드**    공작님을 어제 만났어. 여러 가지 얘기를 주고받는 중에 양친에 관해서 물으시길래, 공작님과 같다고 말했지. 웃으시며 나를 놓아주시더군. 올랜도가 있는데 아버님 얘기가 무슨 소용이 있어?

**실리아**    그분은 훌륭한 분이시죠! 훌륭한 시를 쓰고, 훌륭한 말을 하고, 훌륭한 맹세를 하고 그것을 멋지게 깨뜨리고, 애인의 가슴을 태우면서 교묘하게 비껴가죠. 그러나 젊은이가 하는 바보 짓은 뭐든 좋아요.

　　　코린 등장.

**코 린**    아가씨와 도련님들, 풀밭에 나와 함께 앉아 있던 상사병 걸린 양치기 소식 물으셨죠? 거만한 양치기 처녀를 찬양하던 양치기 말씀입니다.

**실리아**　그래, 어쨌다는 거요?

**코 린**　사랑에 가슴 타는 창백한 젊은이와 오만불손 붉어진 얼굴의 처녀가 벌이는 연극을 보실 의향이 있으시면 따라나오십쇼.

**로잘린드**　어디 가보자고. 사랑의 구경은 사랑의 양식이다. (모두 퇴장)


# 제5장　숲의 다른 장소


실비우스와 피비 등장.

**피 비**　장미 빛깔의 차이라고 할까? 실비우스, 어느 여인인들 그를 쳐다보고 사랑에 빠지지 않을 수 있겠어요? 그러나 나는 그분을 사랑하지 않을래요. 그분을 미워하지도 않고요. 더욱이나 그를 사랑하는 것 이상으로 그를 미워해야 할 이유가 있어요. 닥치는 대로 나에게 독설을 퍼부었기 때문이죠. 그는 내 눈이 칠흑 같다고 했어요. 지금 생각해보니 나는 놀림감이었어요. 나는 왜 쏘아붙이듯 대꾸하지 못했을까. 하지만 매한가지 일이겠지. 생략은 취소가 아니니깐. 편지를 써서 실컷 야유해줘야겠다. 그분에게 전해주세요, 실비우스.

**실비우스**　피비, 분부대로 하리다.

**피 비**　즉시 써야지. 같이 가요, 실비우스. (모두 퇴장)

# 제4막

## 제1장 숲속

로잘린드, 실리아, 제이퀴즈 등장.

**제이퀴즈** 여보게 젊은이, 우리 좀 더 가깝게 지냅시다.

**로잘린드** 당신은 우울병에 걸려 있다죠?

**제이퀴즈** 그렇소. 낄낄대는 것보다 침울한 편이 더 낫소.

**로잘린드** 어느 쪽이든 극단으로 흐르는 사람은 견딜 수 없죠. 그렇게 된다면 세상 사람들로부터 주정뱅이 이상으로 비난받습니다.

**제이퀴즈** 슬픔 속에서 묵묵히 있는 것도 좋은 일이오.

**로잘린드** 아주 말뚝이 되어버리는 것도 좋은 일이겠죠.

**제이퀴즈** 내 우울증은 경쟁심의 소산인 학자의 우울도 아니고, 미친 지랄 같은 음악가의 우울도 아니고, 오만한 궁신의 우울도 아니며, 야심적인 병사의 우울도 아닙니다. 그것은 권모술수의 소산인 법관의 우울도 아니며 까다롭기 그지없는 귀부인의 우울도 아니며 이 모든 것을 다 합친 연인들의 우울도 아닙니다. 그것은 나 자신의 독특한 우울입니다. 많은 성분을 합쳐서 그 물체로부터 뽑아낸 우울이죠. 진실로 내가 헤쳐 걸어온 내 인생의 나그네 길을 명상할 때 생기는 야릇한 슬픔이죠.

**로잘린드**  나그네 길! 그렇군요. 충분히 슬퍼지겠어요. 당신은 스스로 소유하고 있는 토지를 팔고 남의 땅을 구경하러 나온 사람 같군요. 실컷 보고 아무 이득이 없다면 눈만 살찌고 손은 텅 빈 꼴이군요.

**제이퀴즈**  그렇소, 나는 경험을 얻었소.

**로잘린드**  당신의 경험이 당신을 슬프게 만들었군요. 나 같으면 경험 때문에 슬퍼지느니, 차라리 어릿광대와 더불어 즐겁게 지내겠어요. 그 때문에 나그네 길을 나서다니.

　　올랜도 등장.

**올랜도**  안녕하세요, 사랑하는 로잘린드.

**제이퀴즈**  난 실례하겠소. 시의 장단에 맞춰서 말하고 싶지는 않소.

**로잘린드**  안녕히 가세요, 방랑자여. 기묘한 옷에 혀 짧은 얘길 지껄이세요. 제 나라의 미덕을 얕보고, 고향 땅을 증오하세요. 그리고 꼴뚜기처럼 못난 얼굴을 만드신 하느님을 원망하세요. 그러지 않으면 당신이 베니스에서 곤돌라를 탔다 해도 믿지 않을래요. (제이퀴즈 퇴장) 아, 당신이군요, 올랜도! 그렇게도 무관심하면서 애인이라고! 허튼 수작 다시 하면 두 번 다시 안 만날래요.

**올랜도**  사랑하는 로잘린드. 약속 시간보다 한 시간 이상 늦지 않았는데.

**로잘린드**  사랑의 약속을 한 시간이나 어기다니요! 사랑의 일 분을 천분의 일로 나누어 그 한 토막인들 어기는 연인이 있으면 큐피드의 화살은 어깨를 스쳐 지나갈 뿐이지, 심장에 꽂히지는 않을 겁니다.

**올랜도**  용서하시오, 로잘린드.

**로잘린드**  못 해요. 늦을 바에야 다시는 눈앞에 나타나지 마세요. 차라리 달팽이를 애인으로 삼겠어요.

**올랜도**  달팽이를?

**로잘린드**  그래요, 달팽이요. 걸음은 느리지만 머리에 집을 이고 오잖아요. 당신이 그만한 결혼 선물을 준비할 수 있어요? 그뿐인가요, 그는 자신의 운명까지 들고 와요.

**올랜도**  운명이라뇨?

**로잘린드**  뿔 말이에요. 장가든 남자가 바람난 부인 때문에 생긴 뿔이요.

**올랜도**  정숙한 여인은 남편에게 뿔이 나도록 하지 않아요. 로잘린드는 정숙한 여인이죠.

**로잘린드**  나는 당신의 로잘린드.

**실리아**  이분은 그렇게 부르는 것을 좋아하시나 봐요. 이분의 로잘린드는 당신보다 더 아름답겠죠.

**로잘린드**  자, 어서 구혼을 하세요. 지금 나는 기분이 들떠 있어요. 그래서 금세 응할 것 같아요. 내가 정말로 정말로, 당신이 사랑하는 로잘린드라면 뭐라고 말하겠어요?

**올랜도**  말하기 전에 키스를 하겠소.

**로잘린드**  안 되죠. 말부터 먼저 해야 해요. 할 말이 없어졌을 때, 그때 키스를 하는 거예요. 웅변가는 말이 막히면 침을 뱉습니다. 연인들도 말이 막히면 그런 일이 없어야겠지만 키스하는 것이 상책이죠.

**올랜도**  키스를 거부당하면?

**로잘린드**  당신은 키스해달라고 탄원하게 되고, 그러다 보면 화제가 또 생기게 되죠.

**올랜도**  여인 앞에서 말문이 막히는 사람 있는가?

**로잘린드**  내가 당신의 연인이 되면 그렇게 됩니다. 나는 정숙하고 지혜가 넘칩니다. 나는 당신의 로잘린드예요.

**올랜도**  사랑의 청혼을 그만둘까?

**로잘린드**  아니요. 옷은 입으세요. (올랜도는 Suit 청원의 뜻으로 로잘린드는 의복 Apparel의 뜻으로 해석한다―역자 주).

**올랜도**  그렇다면 당사자로서 말하겠소. 난 죽어야 하오.

**로잘린드**  아닙니다. 제발, 대신 죽게 하십시오. 이 가련한 세상은 시작된 지 육천 년이 되지만 사랑 때문에 당사자가 죽은 경우는 한 사람도 없습니다. 트로일로스는 그리스의 장군 아카레스에게 머리통이 깨져 숨졌습니다. 그는 사랑 때문에 죽은 사람의 본보기로 추앙받을 만한 일을 했습니다. 레안드로스의 경우에도 무더운 여름밤만 아니었더라면 헤로가 수녀가 되더라도 오랫동안 살았을 거예요. 아니 글쎄, 레안드로스가 헬레스폰트에 헤엄치러 갔다가 쥐가 나서 물에 빠져 죽은 것인데 당대의 어리석은 역사가들은 '세스토스의 헤로' 때문이란 거죠. 이건 모두가 거짓말이죠. 남자들은 계속 죽고 또 죽었습니다. 그러나 사랑 때문에 죽은 사람은 한 사람도 없었습니다.

**올랜도** 나의 진정한 로잘린드는 그렇게 생각하지 않을 것이다. 왜냐하면 그녀가 찌푸리면 나는 죽을 수 있기 때문이다.

**로잘린드** 이 손을 걸어 맹세하지만 파리 한 마리 죽지 않습니다. 좋았어요. 진정코 저는 당신의 로잘린드, 상냥한 로잘린드가 되어 원하시는 대로 척척 해드리겠습니다.

**올랜도** 사랑해주세요, 로잘린드.

**로잘린드** 네, 사랑하죠. 금요일과 토요일, 일주일 내내.

**올랜도** 나는 당신의 남편이오?

**로잘린드** 당신이라면 스무 명도 좋아요.

**올랜도** 스무 명이라고요?

**로잘린드** 당신은 훌륭하시죠?

**올랜도** 그러기를 바라죠.

**로잘린드** 좋은 것은 많이 원할수록 좋지 않아요? 이봐, 실리아. 목사가 되어 우리의 예식을 올려라. 손을 주세요, 올랜도. 실리아, 시작해.

**올랜도** 우리 둘을 결혼시켜주세요.

**실리아** 뭐라고 해야 할지 모르겠네요.

**로잘린드** 이렇게 해. "그대 올랜도는……."

**실리아** 알겠어요. "그대 올랜도는 아내로 삼겠는가. 이 로잘린드를?"

**올랜도**  네.

**로잘린드**  언제인가요?

**올랜도**  지금 당장. 결혼하자마자.

**로잘린드**  그러시다면 이렇게 말하세요. "나는 그대 로잘린드를 아내로 삼노라."

**올랜도**  나는 그대 로잘린드를 아내로 삼노라.

**로잘린드**  결혼 증서가 있었으면 좋겠지만. 좋아요, 올랜도. 당신을 남편으로 삼겠어요. 목사보다 앞서가는 여자도 있습니다. 확실히 여자의 생각은 행동에 앞서죠.

**올랜도**  사람의 생각이란 다 그런 거죠. 날개가 돋쳤거든요.

**로잘린드**  로잘린드와 결혼한 후 얼마 동안 사시겠어요.

**올랜도**  언제까지나 영원히.

**로잘린드**  영원이 아니라 하루뿐이죠. 그래요, 올랜도. 사랑을 속삭이면 꽃 피는 사월, 결혼을 한다면 엄동설한, 색시가 숫처녀면 세월은 오월, 아내로 둔갑하면 변하는 날씨. 저는요, 바르바리 산 숫비둘기 이상으로 질투심이 강해요. 비 오기 전 앵무새 이상으로 바가질 긁어요. 새것이라면 원숭이보다 더 좋아하고, 느닷없이 디아나 조각상이 분수 물을 내뿜듯 눈물을 왈칵 쏟을 거요. 당신이 기분 좋아 날뛸 때 말입니다. 전 하이에나처럼 웃어댈 거예요. 당신이 졸려서 자고 싶을 때 말이에요.

**올랜도**  그러나 나의 로잘린드가 그럴 수 있을까?

**로잘린드**  물론이죠, 틀림없어요.

**올랜도**   아, 그러나 그녀는 총명해요.

**로잘린드**   총명하기 때문에 그럴 수 있겠죠. 총명하면 할수록 여자는 종잡을 수 없어요. 여자의 지혜에 문을 닫으면, 창문으로 튀어 나오죠. 창문을 닫으면 열쇠 구멍으로 튀어나오죠. 그것을 막으면, 연기가 되어 연통으로 빠집니다.

**올랜도**   두 시간 동안만, 로잘린드, 당신 곁을 떠나려 하오.

**로잘린드**   어머, 맙소사. 두 시간 동안이나 떨어지다니.

**올랜도**   공작님이 식사에 초대했어요. 두 시까지는 틀림없이 돌아오리다.

**로잘린드**   좋아요, 가보세요. 가보세요, 당신이 어떤 사람인지 알고 있었어요. 모두들 그렇게 생각하고 있었고 나도 그렇게 생각했었죠. 감언이설에 그만 넘어가버렸어요. 버림받았으니 죽어버리면 그만이죠. 두 시간이라고 하셨죠?

**올랜도**   그렇소, 사랑스러운 로잘린드.

**로잘린드**   진정으로, 진심으로 하느님과 모든 것에 맹세하건대 만약에 당신이 한마디라도 어긴다거나, 일 분이라도 늦게 도착할 것 같으면, 당신을 가장 부실한 엉터리 거짓말쟁이 연인으로 단정하겠어요. 당신은 가장 파렴치한 위선자, 맹랑한 연인, 그래서 로잘린드와는 궁합이 맞지 않은 사람으로 단정하겠어요. 그렇기 때문에 원망을 듣지 않도록 약속을 지키세요.

**올랜도**   지키리다. 당신이 나의 진정한 로잘린드인 것처럼 성의를 다해서 약속을 지키리다.

**로잘린드**  그런 죄인은 시간이 지나면 밝혀지는 법이니깐 두고 보겠습니다. 잘 가세요. (올랜도 퇴장)

**실리아**  언니는 사랑 문답으로 우리들 여성을 모독하셨어요. 꽉 끼는 저고리와 홀태바지를 머리 위까지 벗겨 올릴까 보다. 그래봤자 누워 침 뱉는 격이에요.

**로잘린드**  오, 얘, 얘, 얘야……. 내 귀여운 사촌아. 언니가 얼마나 깊이 사랑의 구렁텅이에 빠졌는지 알아주려무나! 사랑의 밑바닥을 측정할 수 없어. 내 사랑은 포르투갈의 바다처럼 밑바닥이 보이지 않아.

**실리아**  밑바닥이 뚫린 게 아닌가요? 사랑을 쏟아 넣어도 마냥 흘러나가는 것이 아닙니까?

**로잘린드**  아니야, 비너스의 후레아들에게 물어보자. 변덕스러운 생각에서 잉태되어 미친 지랄 속에서 태어난 그 못된 악당 말이다. 눈이 멀었기 때문에 남들까지 어리둥절하게 만드는 그 녀석 말이다. 내가 얼마나 깊은 사랑에 빠졌는지 그 녀석에게 물어보자. 앨리나, 올랜도를 보지 못하면 나는 괴로워. 그늘 있는 곳에 가서 한숨이나 쉬며 기다리자.

**실리아**  나는 잠이나 잘래요. (모두 퇴장)

# 제2장 숲속

제이퀴즈, 귀족들, 사냥꾼들 등장.

**제이퀴즈**    누가 사슴을 죽였느냐?

**귀족 1**    저올시다.

**제이퀴즈**    이 사람을 로마의 개선장군처럼 공작 앞에 데려가자. 승리의 월계관으로 사슴뿔을 씌우는 게 좋겠다. 이런 때 어울리는 노래는 없느냐?

**귀족 2**    있습니다.

**제이퀴즈**    노래하라. 곡조는 어떻든 상관없다. 소리만 지르면 된다.

(노래한다)

사슴을 잡으면 무엇을 줄까?

가죽과 뿔로서 옷을 입히자.

그리고 노래로 그를 모시자.

(일동, 다음의 후렴을 부른다)

뿔이 솟아도 부끄럽지 않다.

태어나기 전에도 이미 있었다.

선조들도 한결같이 뿔이 있었다.

사슴뿔, 멋진 사슴뿔

뿔이 솟아도 부끄럽지 않다. (퇴장)

# 제3장 숲속

**로잘린드**  어떻게 생각해? 벌써 두 시가 지났어. 올랜도는 흔적도 볼
수 없어.

**실리아**  틀림없어요. 사랑 때문에 고민한 나머지 활을 들고 뛰쳐나갔
어요. 잠자러요.

　실비우스 등장.

**실비우스**  젊은이, 당신께 용무가 있어요. 피비라는 처녀가 이걸 당신
께 전하라 합니다. (로잘린드에게 편지를 건네주며) 내용이 뭔지 알
도리가 없습니다만 이것을 쓸 때 무서운 표정을 짓고 안절부
절못한 것으로 미루어보아서 화가 잔뜩 나 있는 듯했습니다.
용서하십시오, 소생은 죄 없는 심부름꾼에 지나지 않습니다.

**로잘린드**  이 편지를 보면 참을 수 없이 아우성치게 돼. 이 일을 참을
수 있으면 세상에 못 참을 일이 없지. 그녀는 날 보고 못생겼
다느니, 버릇이 없다느니, 오만하다느니 하면서 남자가 불사
조처럼 희귀하다 할지라도 나 같은 사람은 사랑할 수 없다는
거야. 어림도 없다. 나는 그런 여자의 사랑을 좇는 토끼가 아
냐. 어쩌자고 이런 편지를 나에게 보낼까? 알겠어, 양치기, 이
건 네가 조작한 편지지?

**실비우스**  천만에요, 아니올시다. 편지 내용조차 모릅니다. 피비가 썼
습니다.

**로잘린드**    바보, 바보. 너는 바보야. 사랑 때문에 머리가 돌았나 봐. 나는 가죽 같은 그의 손을 보았어. 거칠거칠한 색깔이었어. 헌 장갑을 끼고 있는가 싶었더니 진짜 손이었어. 부엌데기 손이었어. 그건 상관없는 일이지. 이 편지는 그녀가 쓴 것이 아니야. 이건 남자의 착상이요, 남자의 필적이야.

**실비우스**    피비가 썼어요.

**로잘린드**    그렇다면 왜 난폭하고 사나운 문체인가. 깡패의 품이 기독교도에 달려드는 터키인 같아. 뭐라고 썼는지 들려줄까?

**실비우스**    부탁입니다, 제발 들려주세요. 피비가 앙칼지다는 소린 많이 들었죠.

**로잘린드**    여자가 이럴 수 있을까? 그 폭군은 이렇게 썼어. (읽는다)


소녀의 마음을 이토록 태우시다니

신령님이 목동으로 변했습니까?


여자가 이런 악담을 할 수 있어?

**실비우스**    이것이 악담인가요?

**로잘린드**    (읽는다)


왜 목동을 가장해서

여자의 마음을 괴롭힙니까?

이런 악담 들어본 적 있어?

숱한 남자들이 이 마음 탐내어도
나는 끄떡 없었건만
꾸중을 들었기에 사랑하노라
다정하신 말씀에 사랑하노라
사랑의 심부름꾼은 알 리 없다.
내 사랑, 애틋한 사랑을
그대 마음 봉해서 전해주세요,
당신에 바치는 이 마음을 받아주신다고.
그렇지 않으면 슬프게도 나는 죽어야 한다.

**실비우스**　이것을 악담이라 하십니까?

**실비아**　아, 가련한 목동아!

**로잘린드**　너는 동정하고 있니? 그는 동정을 받을 수 없어. 너는 그런 여자를 사랑할 수 있어? 너를 악기 삼아 엉터리 가락을 연주하는 그 여자를 참을 수 없어. 자, 사랑 때문에 길들여진 뱀 같은 너는 돌아가거라. 가서 말하라. 나를 사랑하거든 나 대신에 너를 사랑하라고 말하라. 싫다고 하면 나는 두 번 다시 그 여자를 상대하지 않겠다. 네가 그 여인을 진정 사랑한다면 가거라, 아무 말 하지 말고. 누군가가 오고 있으니 말이다. (실비우스 퇴장)

올리버 등장.

**올리버** 안녕하세요. 이 숲속 어딘가에 올리브 나무에 둘러싸인 양치기 오두막이 있는 모양인데, 아십니까?

**실리아** 서쪽에 있어요. 가까운 계곡에 말입니다. 조잘대는 실개천 버드나무 길을 따라가면 오른쪽에 있습니다. 그러나 지금 이 시각에는 오두막에 홀로 서 있을 뿐, 안엔 아무도 없습니다.

**올리버** 귀로 들은 것이 눈의 도움이 된다면 당신이야말로 내가 찾고 있는 사람이오. 풍채로나 나이로나 바로 그 사람이오. '젊은이는 살결이 희고 여자 같은 용모요. 거동은 누님처럼 어른스럽고 손아래 여인은 키가 작고 누님보다 검은 편이다.' 당신이 내가 찾는 집주인이 아니오?

**실리아** 자랑은 아니지만 물으시니 그렇다고 할 수밖에요.

**올리버** 올랜도가 당신네들에게 안부를 전합디다. 그는 로잘린드라는 젊은이에게 피로 물든 이 손수건을 전하라고 합디다. 당신이 그 사람이오?

**로잘린드** 네, 그렇지만 도대체 어찌 된 영문입니까?

**올리버** 부끄러운 일입니다. 내가 누구인지, 어떻게, 무엇 때문에, 그리고 어디서 이 손수건이 피로 물들었는지 아시면 말입니다.

**실리아** 어서 말씀해주세요.

**올리버** 올랜도는 한 시간 안으로 돌아온다는 약속을 남기고 당신들과 헤어진 후 숲속을 헤매면서 쓰고 달콤한 사랑의 환상에 젖어 있었습니다. 그런데 아뿔싸, 웬일입니까! 올랜도가 문득 옆을 보았더니 무엇이 눈앞에 보였을까요? 오랜 세월에 이끼 낀 가지가 하늘에 치솟은 시든 참나무 아래 누더기를 두르고 털부숭이된 처참한 사나이가 벌렁 누워 잠들고 있었죠. 그 사람 목에는 번들번들한 시퍼런 구렁이가 감겨 있었습니다. 이 징그러운 구렁이 놈의 대가리가 자는 사람의 입을 향해 다가서고 있었죠. 그 순간 올랜도가 나타나자 구렁이는 칭칭 휘감은 몸을 풀고 꿈틀대며 덤불 속으로 기어갔습니다. 그런데 수풀 속에는 젖통이 말라붙은 암사자가 머리를 땅바닥에 붙이고 살쾡이처럼 눈을 번쩍이며, 그 사나이가 움직이는 것을 기다리고 있었습니다. 백수의 사자는 죽은 것을 건드리지 않는 습성이거든요. 이것을 본 올랜도는 그 사나이에게 접근했습니다. 가보았더니 형님이었어요. 큰형님이었어요.

**실리아**    그 형님 얘기를 올랜도가 했었죠. 피도 눈물도 없는 냉혈적인 인간이라고 말했어요.

**올리버**    당연한 말씀이오. 나도 그렇게 알고 있습니다.

**로잘린드**    아무리 그렇더라도 올랜도는 왜 형님을 굶주린 사자 밥이 되도록 내버려두었습니까?

**올리버**    두 번이나 등을 돌리고 그렇게 하려고 했습니다. 하나 복수심보다 더 거룩한 형제간의 정분이 복수심을 짓누르고 사자와 싸우게 했습니다. 마침내 사자는 쓰러졌고, 이 소동 때문에 나는 불행한 잠으로부터 깨어났습니다.

**실리아**   당신이 형님이세요?

**로잘린드**   당신이 구제받은 형님이세요?

**실리아**   그분을 여러 차례 죽이려고 했던 사람이 당신이었어요?

**올리버**   그랬습니다만 지금은 아니오. 과거의 내가 어떤 인간이었는지 말해도 부끄럽지 않아요. 지금의 나는 새사람이기 때문이죠.

**로잘린드**   하나, 그 피투성이 손수건은?

**올리버**   말씀드리죠. 우리들은 정분에 넘친 눈물을 흘리며 자초지종을 얘기했습니다. 내가 이 거친 땅에 오게 된 사연을 말했죠. 동생은 나를 공작한테 안내했습니다. 공작이 주신 옷을 입고 대접을 받은 후 동생의 시중을 받으라 하시기에 동생은 동굴로 나를 데려갔죠. 동생은 옷을 벗었습니다. 팔 언저리에 사자가 물어뜯은 상처에 피가 흐르고 있었습니다. 동생은 까무러쳤어요. 기절하며 로잘린드라고 외쳤어요. 동생을 회복시킨 후 상처에 붕대를 감아주었더니 금세 기력을 되찾았습니다. 초면인 나를 당신께 보내어 이 의기를 전하게 했습니다. 어긴 약속의 용서를 빌고 그가 장난삼아 로잘린드라고 부르는 젊은 목동에게 이 손수건을 넘겨주라고 부탁했어요. (로잘린드, 기절한다)

**실리아**   왜 그래요. 가니메데, 가니메데 형님!

**올리버**   피를 보면 대부분이 기절하죠.

**실리아**   다른 이유가 있어요. 형님! 가니메데!

**올리버**  이봐요, 숨을 돌리시네.

**로잘린드**  집에 가고 싶어.

**실리아**  데리고 갈게요. 미안하지만 형님 팔 좀 잡아주세요.

**올리버**  기운을 내, 젊은이. 사나이답게! 젊은 기백이 있어야지.

**로잘린드**  옳으신 말씀이에요. 아, 보세요. 누가 보면 연극을 썩 잘한
다 하겠어요. 부탁이에요. 동생에게 연극 썩 잘하더라고 전하
세요. 헤이호!

**올리버**  연극이 아니죠. 당신 얼굴에는 진실한 감정이 너무나 명백히
나타나 있어요.

**로잘린드**  정말 연극이라니깐요.

**올리버**  아, 그렇게 하고 있어요. 그러나 사실은요. 여자로 태어났어
야 좋을 뻔했어요.

**실리아**  저런, 안색이 점점 더 창백해지네. 집으로 빨리 가요. 여보세
요, 함께 가시죠.

**로잘린드**  자, 갑시다. (일동 퇴장)

# 제5막

## 제1장  숲속

터치스톤과 오드리 등장.

**터치스톤**  때가 오겠지, 오드리. 참아요, 착한 오드리.

**오드리**  목사님은 괜찮았어요. 그 늙은이는 이상한 말을 했지만.

**터치스톤**  저런 발칙한 올리버 목사 같으니. 오드리, 마텍스트는 엉터리야. 그런데 오드리, 이 숲속에는 너를 차지하려는 젊은이가 있는 모양인데.

**오드리**  알고 있어요. 그 사람은 나에게 아무런 관심도 없어요. 여기그 젊은이가 오네요.

윌리엄 등장.

**터치스톤**  나는 시골뜨기 얼간이를 보면 신바람이 나는 게 사실이지. 우리들 지혜로운 사람들은 죄를 범하게 마련이지만 농이 하고싶어 참지 못해.

**윌리엄**  안녕하세요, 오드리.

**오드리**  안녕하세요, 윌리엄.

**윌리엄**  나리, 안녕하세요.

**터치스톤**  안녕하시오. 친구 양반, 모자를 쓰게, 모자를. 제발 모자는
  쓰고 있게. 몇 살이나 됐소?

**윌리엄**  스물다섯입니다, 나리.

**터치스톤**  한창 나이로군. 이름이 윌리엄인가?

**윌리엄**  윌리엄입니다.

**터치스톤**  멋진 이름이야. 이곳 숲에서 태어났는가?

**윌리엄**  네, 하느님 은총이지요.

**터치스톤**  하느님 은총은 좋은 대답이야. 부자겠지?

**윌리엄**  나리 양반, 그저 그래요.

**터치스톤**  그저 그렇다는 답변은 썩 좋다. 아주 좋아. 아냐, 그렇지도
  않아. 그저 그렇다고 했으니까, 자네 영리한가?

**윌리엄**  꽤 영리한 편입니다.

**터치스톤**  대답 한번 잘했군. 이 처녀가 좋은가?

**윌리엄**  죽을 지경이죠.

**터치스톤**  자네 손을 이리 주게. 학식은 있는가?

**윌리엄**  없습니다.

**터치스톤**  그렇다면 한 가지 가르쳐주마. 소유하는 것은 소유하는 것
  이다. 수사학의 비유를 빌려서 말한다면 술을 컵에서 유리잔
  에 따르면 유리잔에 가득 차는 반면 컵은 텅 비지. 모든 학자
  들의 일치된 견해로는 그 자신이란 그 남자야. 한데 너는 그
  자신이 아니야. 왜냐면 내가 그 자신이기 때문에.

**윌리엄**  그 남자란 누구입니까?

**터치스톤**  그 남자란 이 처녀와 결혼할 사람이다. 그러니까 얼빠진 양
반과는 포기해라. 속된 말로 집어치워. 계집과의 교제를 촌스
럽게 말해서 사귀는 일을 단념하게. 요약해서 말한다면 이 여
성과의 교제를 포기하라는 뜻이다. 그러지 않으면 얼빠진 네
놈은 파멸이야. 알기 쉽게 말해서 너는 죽게 되는 거야. 다시
말해서 나는 너를 죽여서 처치한 다음, 너의 목숨을 죽음으로
바꾼 후에 네 자유를 구속할 참이다. 독살하든가 매 찜질을 하
든가 칼침을 놓든가 해서 말이네. 패거리를 지어 네놈을 해치
울 수도 있어, 책략으로 함정에 빠뜨릴 수도 있어. 백오십 가
지 방법으로 네놈을 때려잡겠다. 그러니 벌벌 떨면서 도망가
거라.

**오드리**  그렇게 하세요, 윌리엄.

**윌리엄**  안녕히 계십쇼, 나리.

　　　코린 등장.

**코 린**  우리 도련님과 아가씨께서 찾으십니다. 자, 급히들 가십시다.

**터치스톤**  가자, 오드리. 어서 가자, 오드리. 나도 갈게. 나도 갈 테니.

　　　일동 퇴장.

# 제2장  숲속

올랜도와 올리버 등장.

**올랜도**   그런 일이 있을 수 있습니까? 서로 알기도 전에 그녀를 좋아
한다니, 한눈에 반해버리다니. 사랑하자 곧 구혼을 하신다니.
구혼하자마자 수락한다니. 형님은 기어이 그녀를 차지하겠다
는 거죠.

**올리버**   이 일은 결코 경솔한 짓이 아니다. 그녀가 가난하다든가, 그
녀를 잘 알지 못한다거나, 내 구혼은 성급하다거나, 그녀의 승
낙이 갑작스럽다는 둥 말하지 말라. 나는 앨리나를 사랑한다
고 나와 함께 고함쳐다오. 그녀는 나를 사랑하기에 우리 둘이
일심동체가 되는 일에 동의해다오. 이 일은 너에게도 이로운
일이다. 아버지의 재산, 즉 롤런드 경의 모든 재산을 나는 너
에게 양도하고 양치기로 여생을 보내고 싶다.

**올랜도**   동의합니다. 내일 결혼식을 올리고 결혼식에 공작과 귀족들
을 초대하겠습니다. 형님은 앨리나한테 가서 준비하세요. 보
세요. 저기 로잘린드가 오고 있어요.

로잘린드 등장.

**로잘린드**   안녕하세요, 형님.

**올리버**   안녕하세요, 어여쁜 동생이여.

**로잘린드**  아, 사랑하는 올랜도. 당신의 가슴을 싸고 있는 붕대를 보니 저는 슬퍼요.

**올랜도**  붕대는 팔에 감겼어.

**로잘린드**  당신의 심장이 사자 발톱에 상처를 입었다고 생각했습니다.

**올랜도**  상처 입은 건 어떤 여인의 눈 때문이죠.

**로잘린드**  형님이 전하던가요? 당신의 손수건을 보고 내가 기절하는 흉내를 내더라고.

**올랜도**  네, 그보다 더 희한한 이야기도 전해줬죠.

**로잘린드**  아, 무슨 얘긴진 잘 알겠습니다. 그건 사실이에요. 그토록 갑작스러운 일이 어디 있겠습니까. 두 마리의 숫양 싸움이나 시저의 '왔노라, 보았노라, 이겼노라'의 웅변처럼 당신 형님과 내 동생은 서로 만나서 쳐다보고, 쳐다보자마자 서로 사랑했어요. 사랑하자마자 한숨지었고, 한숨지으며 그들은 이유를 캐물었습니다. 그 이유를 깨닫게 되자마자 그들은 해결책을 강구했습니다. 이런 식으로 서로 결혼의 정상에 이를 계단을 마련하고 당장에 올라가든가, 그게 안 되면 결혼 전이라도 어떻게 되고 말 거예요. 사랑의 열기에 들떠 있어요. 그리고 그들은 함께 모이고 몽둥이로도 떼놓을 수 없어요.

**올랜도**  내일이면 두 사람은 결혼할 거예요. 난 공작님을 결혼식에 청하겠어요. 아, 남의 눈을 가지고 행복을 바라보니 정말 못 견디겠는걸. 내일 소원성취해서 행복하리라고 생각하면 할수록 나는 우울의 절정에 달할 거요.

**로잘린드**  그렇다면 나는 내일 당신을 위해 로잘린드 역할을 할 수 없다는 것입니까?

**올랜도**  상상만으로는 살아갈 수 없게 되었습니다.

**로잘린드**  그렇다면 부질없는 얘기로 더 이상 괴롭히지 않겠어요. 이것만은 알아두세요. 나에게는 신비한 마력이 있어요. 그러니까 세 살 때부터 마술사의 지도를 받았죠. 그 술법은 심원한 것이었지만 악독한 것이 아니었어요. 당신이 겉으로 나타내 보이듯 마음속 깊이에서 우러나 로잘린드를 사랑한다면 당신 형님이 앨리나와 결혼할 때 당신도 로잘린드와 결혼시켜드리죠. 로잘린드가 지금 어려운 궁지에 몰려 있는 것을 나는 잘 알고 있지만 당신이 원하신다면 내일 당신 눈앞에 진짜 로잘린드를 아무 위험도 없이 세워두겠어요.

**올랜도**  농담인가요, 진담인가요.

**로잘린드**  목숨을 걸고 맹세하죠. 비록 마술사이긴 하지만요, 나에게도 목숨은 귀중하지요. 그러니 예쁜 옷을 걸치고 친구를 초대하세요. 내일 결혼하고 싶으시면 시켜드릴게요. 로잘린드와 결혼하세요.

　　실비우스와 피비 등장.

보세요. 나를 사랑하는 여인과 그녀의 연인이 오네요.

**피 비**  너무하셨어. 당신에게 쓴 내 편지를 딴 사람에게 함부로 보여주다니.

**로잘린드**   보여준들 어때. 나는 너를 일부러 혼내주고 학대하고 있어.
　　　　　너에게는 충실한 양치기가 있잖니. 그를 보살피고 사랑해줘.
　　　　　그는 널 숭배하고 있어.

**피 비**   실비우스, 이 젊은이에게 사랑이 무엇인지 가르쳐줘봐.

**실비우스**   사랑은 눈물과 한숨의 범벅이죠. 피비 때문에 제가 그 지경
　　　　　이죠.

**피 비**   나는 가니메데 때문이죠.

**올랜도**   나는, 로잘린드.

**로잘린드**   나는, 여자 때문이 아니다.

**실비우스**   사랑은 헛된 환상이다. 사랑은 격정이요, 헌신이요, 충성,
　　　　　봉사로다. 사랑은 겸손이요, 인내심이요, 초조로움이다. 사랑
　　　　　은 순결이요, 시련이요, 복종이다. 나는 피비에게 그런 사랑을
　　　　　바친다.

**피 비**   그리고 나는 가니메데에게.

**올랜도**   나는 로잘린드에게.

**로잘린드**   그러나 나는, 여자 때문이 아니다.

**피 비**   사랑이 이러하거늘 당신을 사랑하지 못할 이유가 무엇입니
　　　　　까?

**실비우스**   사랑이 이러하거늘 당신을 사랑하지 못할 이유가 무엇입니
　　　　　까?

**올랜도**   사랑이 이러하거늘 당신을 사랑하지 못할 이유가 무엇입니
　　　　　까?

**로잘린드**　누구에게 말하는 거죠. 사랑하지 못할 이유가 무엇이냐고.

**올랜도**　이곳에 없는 그녀에게, 듣지도 못하는 그녀에게.

**로잘린드**　그만해둡시다. 달을 쳐다보고 짖어대는 아일랜드 늑대 같아요. (실비우스에게) 도와드리겠어요. 할 수 있는 일이라면 (피비에게) 당신을 사랑해드리겠어요. 사랑할 수 있다면 내일 모두들 만나요. (피비에게) 여자에게 결혼할 수 있다면 당신과 결혼하겠어요. 결혼식은 내일이에요. (올랜도에게) 남자의 소원을 풀어드릴 수 있다면 당신의 소원을 해결해드리죠. 당신은 내일 결혼할 수 있어요. (실비우스에게) 당신이 원하는 것을 입수해서 당신이 만족할 수 있다면 나는 당신을 만족시켜드리죠. 당신은 내일 결혼할 수 있어요. (올랜도에게) 로잘린드를 사랑하신다면, 오세요. (실비우스에게) 피비를 사랑하신다면, 오세요. 여자가 아닌 사람을 사랑하기 때문에 나도 갈 거예요. 안녕히들 가세요. 내 말을 잊지 마세요.

**실비우스**　가리라, 목숨이 있는 한.

**피 비**　나도 가겠어요.

**올랜도**　나도 가겠어요.

# 제3장 숲속

터치스톤과 오드리 등장.

**터치스톤**  내일은 즐거운 날이다, 오드리. 내일 우리는 결혼하는 거야.

**오드리**  그렇게, 그렇게 되길 바라요. 여자로 한번 태어나서 시집가고
픈 생각은 음탕한 생각이 아니죠. 공작님의 시동들이 오네요.

시동들 등장.

**시동 1**  잘 만났네요, 신사 양반.

**터치스톤**  정말이지 잘 만났다. 여기 와서 앉아 노래를 불러라.

**시동 2**  분부대로 하죠. 가운데 앉으세요.

**시동 1**  그럼 대뜸 불러볼까요. 헛기침을 해대고, 침을 뱉고, 목이 쉬
었다고 하는 둥, 거친 목소리의 서두 같은 건 빼고요.

**시동 2**  그래, 합창을 하자. 말을 같이 탄 두 집시처럼. (노래한다)


연인들이 손에 손을 잡고

얼싸 좋다, 헤이 호 헤이 노니노

푸른 밭을 밟고 가노라면

때는 언약 맺는 봄이로다

새들도 지저귀네 헤이 찌찌찌

연인들은 모두들 봄을 좋아해

보리밭에 둘러 싸여서

얼싸 좋다, 헤이 호 헤이 노니노

사랑스러운 두 연인이 함께 누우면

때는……(이하 후렴)


이윽고 두 사람은 노래 부르네

얼싸 좋다, 헤이 호 헤이 노니노

꽃의 목숨은 하염없지만

때는……(이하 후렴)


놓치지 마라 이 봄을 두 번 다시는

얼싸 좋다, 헤이 호 헤이 노니노

사랑의 꽃이 피는 지금은 한때

때는……(이하 후렴)


**터치스톤**  정말이지. 어린이들이여. 노래 내용은 별 것 아닌데 가락만
은 멋지구나.

**시동 1**  신사 양반 귀가 이상하네요. 박자를 맞추면 가락이 좋은 법
이죠.

**터치스톤**  정말이지 그렇군. 바보 같은 노래에 넋을 잃었으니 시간 낭
비야. 잘들 가거라. 하느님 보고 목소리 고쳐 달라고 해. 가자,
오드리.

# 제4장 숲속

노공작, 애미언즈, 제이퀴즈, 올랜도, 올리버, 그리고 실리아 등장.

**노공작**  올랜도, 너는 그 젊은이가 약속한 일이 실현될 수 있다고 믿고 있는가.

**올랜도**  때로는 믿고 때로는 의심합니다. 두려움 속에서도 희망하고 두려움 속에서 깨닫습니다.

로잘린드, 실비우스, 피비 등장.

**로잘린드**  조금만 더 참으세요. 약속을 확인하고 싶어요. 공작님은 만약에 제가 로잘린드를 데려오면 그녀를 올랜도에게 준다고 하셨죠.

**노공작**  그렇고말고, 그녀에게 내 왕국을 주는 한이 있더라도.

**로잘린드**  그녀를 데려오면 당신은 아내로 맞이한다 했죠.

**올랜도**  그렇다. 비록 내 로잘린드 너는 내게 원하기만 한다면 결혼한다고 했지.

**피 비**  그렇고말고요. 비록 한 시간 후에 죽는다 한들.

**로잘린드**  그러나 만약에 나와 결혼하기 싫다고 한다면 너는 충실한 양치기와 결혼한다고 말했지.

**피 비**  그랬어요.

**로잘린드**  피비가 원한다면 너는 그녀를 아내로 맞이한다고 말했지?

**실비우스**　그 길이 죽음의 길이라도 가고야 말겠습니다.

**로잘린드**　나는 이 모든 일을 원만하게 처리한다고 맹세했습니다. 공작님이여, 따님을 준다는 약속을 지키십시오. 올랜도, 당신은 그 따님을 맞이하겠다는 약속을 지키십시오. 피비, 너도 약속을 지켜라. 나와 결혼하든가, 아니면 이 양치기의 아내가 되든가. 실비우스, 약속을 지켜야 해요. 피비가 날 거절하면 아내로 맞겠다고. 지금부터 나는 가서 이 모든 문제를 한꺼번에 해결하렵니다.

　　로잘린드와 실리아 퇴장.

**노공작**　저 양치기는 내 딸의 모습을 그대로 지니고 있어.

**올랜도**　공작님, 제가 저 젊은이를 처음 보았을 때, 저는 따님의 형제가 아닌가 생각했습니다.

　　터치스톤과 오드리 등장.

**제이퀴즈**　얼마 안 있어 노아의 두 번째 홍수가 와 저 두 사람이 한 쌍이 되어 방주를 타고 올 모양이야. 여하튼 신기한 동물들이 쌍쌍이 되어 오고 있어. 그들은 어느 나라 말로서나 바보들이야.

**터치스톤**　인사와 문안드리옵니다.

**제이퀴즈**　공작님, 환영한다고 말하세요. 숲속에서 가끔 만난 사람으로 얼룩옷을 입은 꼴이 속속들이 마음은 얼간이죠. 궁궐에도 드나들었다고 본인은 우쭐대고 있습니다만.

**터치스톤**　수상하게 여기신다면 절 얼마든지 시험해보시오. 나는 궁궐에서 춤도 추고 여자들에게 아양도 떨었어. 친구들을 모함도 하고, 원수로 삼은 적도 있어. 양복점을 세 집이나 망쳐놨지. 싸움질은 네 번, 결투가 될 뻔한 게 한 번이야.

**제이퀴즈**　결투 없이 어떻게 처리했지?

**터치스톤**　실은 맞서보니 그 결투는 제 칠조의 원인이었어.

**제이퀴즈**　제 칠조의 원인이라? 공작님, 재미있는 녀석인데요.

**노공작**　마음에 드네.

**터치스톤**　언제까지나 마음에 들었으면 합니다. 제가 이곳에 끼어든 이유는, 부부가 되고픈 시골뜨기와 함께 맹세도 하고 배반도 하면서 결혼으로 결합되면 본능으로 깨뜨리고 싶어서죠. 가련한 처녀로군, 얼굴은 형편없지만. 그래도 제 것이 아니겠어요. 아무도 거들떠보지 않는데도 제 차지라니, 제 마음이 변덕스러운 탓이죠. 정숙이라는 보물이 구두쇠처럼 오두막 속에 사는 격이니 진주가 더러운 굴 껍질 속에 있는 것과 같죠.

**노공작**　재치 있는 말을 마구 터뜨리네.

**제이퀴즈**　그러나 제칠조의 원인 말이다. 그 결투의 원인이 제 칠조인 것을 어떻게 알았지?

**터치스톤**　일곱 번이나 치고받은 거짓말 때문이죠. 오드리, 몸을 제대로 가누어야지. 이렇게 말합니다. 난 어떤 궁신의 수염이 마음에 안 든다고 말했어. 그랬더니 하는 말이 그의 수염이 마음에 들건 말건 그는 아랑곳없다는 거야. 요것이 바로 의례적인 답변이지. 다시 한번 수염 꼴이 보기 싫다고 말을 했더니, 그가 대꾸하기를 그는 제멋에 겨워 깎는다는 거야. 요것이 신중한 경고지. 수염 꼴이 보기 싫다, 또 했더니 내 눈이 까막눈이래. 요것이 난폭한 응답이야. 한 번 더 추궁했더니, 그는 내 말이 틀렸다는 거야. 요것은 도전적 반박이지. 또 한 번 했더니, 요것은 거짓말쟁이라는 거야. 요것은 공격적 반박이란 거지. 이렇게 해서 간접적 거짓말서부터 직접적 거짓말이 된 거죠.

**제이퀴즈** 그의 수염이 엉망이라고 몇 번 말했지?

**터치스톤** 나는 간접적 거짓말의 한계를 넘고 싶지 않았죠. 그쪽도 직접적 거짓말을 터뜨리고 싶지 않았어요. 그래서 우리들은 서로 칼만 빼들고 헤어졌어요.

**제이퀴즈** 공작, 신통한 사람입니다. 무엇이든 신나게 지껄여요. 그런데 바보 얼간이에요.

**노공작** 그는 그의 어리석음을 숨긴 말처럼 사용해서 그 방패에 숨어 지혜를 쏘아붙이네.

　　결혼의 신 히멘, 로잘린드, 실리아 등장. 조용한 음악.

**히 멘** 지상의 것이 화합하면 기쁨은 하늘에 뻗는다. 공작이여, 딸을 맞이하라. 결혼의 신 히멘이 하늘에서 데려온 여인을, 그 여인의 손을 젊은이의 손에 닿도록 하라. 서로의 마음이 결합되었으니.

**로잘린드** (공작에게) 이 몸을 드립니다. 전 아버님의 딸이에요. (올랜도에게) 이 몸을 드립니다. 저는 당신의 아내이기에.

**노공작**　이 눈이 진실을 비춘다면 너는 나의 딸이로다.

**올랜도**　이 눈이 진실을 비춘다면 너는 나의 로잘린드.

**피 비**　눈이여, 이것이 진실이라면 나의 사랑이여, 잘 가거라!

**로잘린드**　당신 이외에 아버지는 없습니다. 당신 이외에 남편은 없습니다. 당신은 여자, 결혼할 수 없습니다.

**히 멘**　자, 조용히! 귀 기울여라. 이 야릇한 일에 매듭을 지어야 한다. 진실에 거짓이 없다면 여덟 명은 히멘의 이름으로 손을 잡아라. 그대들은 고난 때문에 헤어질 수 없다. 그대들은 마음과 마음이 하나로다. 그대는 이 남자의 사랑에 따르라. 그대가 남자를 남편으로 삼는다면, 그대와 그대는 하나로 합쳤다. 겨울 하늘이 북풍과 합치듯이 우리들이 부르는 혼례의 노래로 너희는 서로 묻고 물으라. 궁금증이 자연히 없어질 때까지 묻거라. 어떻게 만나고 어떻게 맺었는가를. (노래한다)


혼례는 위대한 주노의 제전
행운이 있으라, 침식을 함께 하려는 이 언약이여
거리마다 아기들로 넘치게 하는 것은 히멘의 일이로다
찬양하라, 행운을 잉태하는 부부의 맹세
찬양하라, 그 이름을 우렁차게 찬양하라
거리마다 행운을 불러오는 히멘의 이름을

**노공작**　아, 실리아. 내 질녀여, 잘 왔다. 나에게는 딸과도 같다. 환영
　　　　이다.

**피 비**　저는 약속해요. 저는 당신의 것이죠. 당신의 믿음이 내 사랑을
　　　　당신께 결합시켰어요.

　　제이퀴즈 드 보이스 등장.

**제이퀴즈 드 보이스**　실례합니다. 한두 마디 경청해주십시오. 저는 돌
　　　　아가신 롤런드 경의 차남입니다. 이 아름다운 모임에 소식 전
　　　　합니다. 프레드릭 공작은 유력한 인물들이 이 숲에 모인다는
　　　　소식을 듣고 강력한 군대를 이끌고 스스로 지휘하여 진격 중
　　　　이었답니다. 그 목적이 그의 형님을 사로잡아 처형하자는 것
　　　　이었습니다. 마침내 황량한 숲 가장자리에 이르러 연로하신
　　　　도사를 만나게 되어 문답을 나눈 결과, 변심하여 계획을 포기,
　　　　속세도 버리고자 결심하여 공작의 지위를 추방된 형님께 반환
　　　　하고 형님을 따라 유배된 자의 영토도 모조리 반환한다는 전
　　　　갈입니다. 목숨을 걸어 이 일이 사실임을 맹세합니다.

**노공작**　잘 왔다, 젊은이. 형제들의 결혼식에 좋은 선물이로다. 한 사람에
　　　　게는 몰수당한 땅을, 또 한 사람에게는 영토 전부와 공작령을 주
　　　　는구나. 우리들은 우선 숲에서 즐겁게 시작되어 행복하게 맺은
　　　　사랑의 열매를 거두도록 하자. 그 이후에 나와 함께 괴로운 나날
　　　　을 참아준 동료들에게 내 손에 들어온 행운의 기쁨으로 신분에 따
　　　　라 함께 나누고자 한다. 그러나 지금은 갑자기 밀어닥친 축제의

즐거움에 흠뻑 빠지자. 자아, 음악이다! 신랑 신부는 팔짱을 끼고 기쁨에 넘실대며 화려한 춤을 추어라.

**제이퀴즈**　공작님, 잠깐만. 지금 말씀으로는 프레드릭 공작은 수도 생활에 뜻을 두고 호사로운 궁정 생활을 버렸다는 거죠?

**제이퀴즈 드 보이스**　그렇소.

**제이퀴즈**　그분한테 가겠소. 개심한 사람으로부터는 여러 가지 들을 것과 배울 게 많소. (공작에게) 영광스러운 옛 지위에 공작님을 맡깁니다. 당신의 인내심과 덕성이 얻어낸 보상입니다. (올랜도에게) 너의 진심이 얻어낸 연인을 너에게 맡기고 간다. (올리버에게) 너의 사랑과 영토, 그리고 공작 일가에 너를 맡기고 간다. (실비우스에게) 오랫동안 열망하던 신방에 너를 맡기고 간다. (터치스톤에게) 너는 부부 싸움에 맡겨둔다. 너의 사랑의 항해는 두 달치 식량밖에 없기 때문이다. 실컷 즐겨라. 춤에도 어울리지 못하는 나를 잊어주게나.

**노공작**　기다려, 제이퀴즈, 기다려.

**제이퀴즈**　놀이는 끝났어요. 일이 있으면 살다 버린 당신의 동굴에서 만납시다. (퇴장)

**노공작**　시작하자. 모든 진정한 즐거움 속에서 이 일은 막이 내릴 것이다. (춤)

# 에필로그

**로잘린드**  여자의 몸으로 막을 내리는 일은 요즘의 유행이 아닙니다. 남자들이 막을 여는 일보다 더 서툰 것도 아닙니다. 좋은 술에 광고가 필요 없는 것처럼 필요 없습니다. 그러나 좋은 술에는 좋은 광고가 있는 법이죠. 따라서 좋은 연극도 좋은 에필로그가 있으면 한결 좋은 것입니다. 그렇다면 저는 어떡하면 좋아요? 좋은 에필로그도 못 하고, 좋은 연극을 보았다는 기분을 가지도록 할 수도 없으니 말이죠! 저는 거지 누더기를 입지 않았으니 애원할 수도 없네요. 마음속으로 부탁할 수밖에 없죠. 여자분들부터 시작할까요. 여인들이여, 부탁이에요. 남자에 바치는 사랑을 위해서라도 이 연극을 사랑해주세요. 남자들이여, 여자에 바치는 사랑을 위해서라도 싱글벙글하시는 품이 싫다는 표정은 아닙니다만 여러분들이 함께 연극을 아껴주세요. 만약에 제가 여자라면 저는 마음에 드는 턱수염과 기분 좋은 얼굴과 매력적인 입김의 남자들에게 키스해드리겠어요. 그러니 멋진 턱수염이여, 기분 좋은 얼굴이여, 향기로운 입김이여, 저의 마음을 살피셔서 제가 절하는 동안 이별의 인사를 보내주세요.

# 셰익스피어 희극의 이해

## 1. 셰익스피어 희극의 전통과 특성

셰익스피어 희극작품이 전통과 어떤 관계를 맺고 있는가, 또는 그의 희극작품에 보이는 공통된 희극적 원리 · 주제 · 구조, 희극적 효과, 사상 등은 무엇인가를 해명하는 일은 그의 작품의 이해를 위해 중요한 전제가 된다.

셰익스피어의 희극작품에서 특히 중요한 사실은 틸랴드(E.M.W. Tillyard)가 이미 그의 논문 「희극의 특성과 셰익스피어」에서 지적하고 있는 다음과 같은 분석에서 명백히 드러난다. "당대의 희극작품과 셰익스피어의 희극을 구분 짓는 특징은 '혼합의 양(the amount of blending)'이다. 작품 하나하나가 개성적이다. 그러나 거의 모든 작품이 혼합의 비율은 다르지만 다른 작가의 작품에서 볼 수 있는 온갖 요소를 지니고 있다." 이것이 이른바 셰익스피어 희극의 다양성과 중층성을 만드는 원인이 된다.

셰익스피어는 그리스 로마 고전 희극의 전통을 이어받고, 중세극의 영향을 받았다. 이탈리아 르네상스 시대의 희극작품은 그가 직접 모방하면서 재창조의 기틀을 삼은 걸작들이다. 메난드로스(Menandros), 아리스토파네스(Aristophanes), 플라우투스(Plautus), 그리고 테렌티우스(Terentius) 등 위대한 희극작가들의 다양한 영향에서 그는 결코 벗어날 수 없었다.

영국 최초의 희극작품인 니콜라스 우달(Nicholas Udall)의 〈랠프 로이스터 도이스터〉(1552)나 영국 대학의 대표적 지성이면서 당대의 대표적인 극작가였던 릴리(Lyly)와 필(Peele), 토머스 내시(Thomas Nash), 로버트 그린(Robert Greene), 토머스 로지(Thomas Lodge), 크리스토퍼 말로(Christopher Marlowe) 등의 작품에서도 영향을 받은 그의 작품은 다양한 표현 양식과 플롯, 방대한 내용과 폭넓은 주제의 선택, 언어와 시청각적 효과의 절묘한 배합으로 다변적 무대가 가능한 희곡작품을 완성했다.

1587년은 셰익스피어가 극단을 따라 런던으로 갔을 것이라고 추측되는 해였으며, 1588년은 영국이 스페인 무적함대를 격파한 해다. 이 때문에 엘리자베스 시대 사람들은 윤택하고 활력에 넘친 생활을 즐기고 있었는데, 때는 바야흐로 중세의 규제와 억압에서 풀려난 런던 시민들이 르네상스 운동의 거센 물결 속에서 새 시대의 자유와 해방을 만끽하고 즐거운 인생을 구가하던 시기였다. 이런 시대적 배경은 영국의 희극 발전에 중요한 의미를 지니게 된다.

셰익스피어가 창작 활동을 시작하기 전 30년 동안 영국에서는 약 35편의 희곡작품이 발표되었고(이 가운데 반은 현재 유실되고 없다), 셰익스피어가 1590년부터 작품을 발표하기 시작하여 20년 동안에는 200편 이상의 희극작품이 런던에서 발표되었는데(4분의 1은 유실), 이 사실로 미루어볼 때 시대와 작가, 그리고 극단과 관객의 조화로운 유대가 이 시대만큼 잘 형성된 때도 없었다.

엘리자베스 시대 희극은 일반적으로 극 형식과 내용이 이미 언급한 대로 외래적 영향과 토착적인 것이 혼합된 다양한 면모의 연극이었다. 셰익스피어가 희극을 쓰기 시작한 시기에 런던 희극 무대에서 발견된 두드러진 특징은 이탈리아 희극의 유입이었다. 이탈리아를 배경으로 한 그의 두 편의 작품 〈로미오와 줄리엣〉과 〈오셀로〉는 이탈리아 가정 희극이 서정극이나 비극으로 둔갑한 경우인데, 이 일은 대학 극작가들이나 당대 영국 시인 스펜서(Spenser)나 마벨(Marvell)에서도 발견되는 특징이다. 셰익스피어의 경우는 그의 희극의 장면 설정이나 등장인물, 그리고 행태 등이 이탈리아와 관련된다는 점에서 이와 유사하다.

그의 희극이 설정한 장소는 베로나·파두아·베니스·메시나·일리리아·플로렌스·로마·시실리 등이고, 〈태풍〉에서 작중인물 프로스페로의 섬은 나폴리와 카데이지 사이에 자리 잡고 있다. 두 희극작품은 이탈리아의 도시를 타이틀로 정하고 있다. 16세기의 이탈리아 희극은 사회적이며 성적(性的) 스캔들로 이야기를 꾸미고 있으며 극의 진행이 도시에서 이루어진다. 셰익스피어의 경우도 그렇다. 작중인물의 경우는 어릿광대(fool) 등의 희극적 인물의 도입에서, 그리고 행태 면에서는 사랑을 위한 변신과 역전(逆轉) 등의 예에서 쉽게 알 수 있는데, 특히 소재를 이용하는 측면에서는 그의 이탈리아 희극 의존도가 압도적이다.

물론 이런 일은 셰익스피어가 이탈리아 희극에서 많은 것을 빌려왔지만 그의 독창적인 재창조가 언제나 동시에 진행되고 있었다는 것을 전제로 하고 있다. 셰익스피어는 〈실수 연발(The Comedy of Errors)〉〈윈저의 명랑한 아낙네들(The Merry Wives of Windosor)〉에서 플라우투스를 빌려 왔다. 플라우투스는 로마시대의 희극작가이다. 그는 4세기 그리스에서 위력을 떨쳤던 '뉴 코미디(the New Comedy)'를 모방하면서 작품을 썼다.

그의 작품을 각색한 공연물이 이탈리아 르네상스 시대의 무대에 부활하여 15세기와 16세기에 걸쳐 공연되었는데, 이 가운데서도 아리오스토(Ariosto)가 각색한 작품 〈상상(I Suppositi)〉(1509)은 나중에 가스코인(Gascoigne)의 〈상상(Supposes)〉(1566)의 토대가 되었고, 다시 셰익스피어의 작품 〈말괄량이 길들이기(The Taming of the Shrew)〉에서 비앙카 구혼의 서브 플롯이 되었다. 플라우투스는 그의 작품이 번역되고 각색되면서 엘리자베스 시대 공연무대에 파급되었으며, 셰익스피어는 이 일에도 크게 기여했다. 그의 유머 감각과 플롯 설정, 예컨대 변장, 은밀한 사랑, 이산가족의 재결합, 희극적 상황의 설정, 음모와 소동 그리고 우스꽝스러운 말다툼, 무대상의 기교, 인물의 성격 창조 등에서 그는 플라우투스로부터 많은 것을 얻어 왔다.

〈베로나의 두 신사(Two Gentlemen of Verona)〉〈로미오와 줄리엣(Romeo and Juliet)〉〈끝이 좋으면 다 좋다(All's Well That Ends Well)〉 등의 작품에서도 플롯 구성과 성격 창조 면에서 플라우투스의 영향을 쉽게 발견할 수 있다. 플라우투스가 자주 사용한 프롤로그의 기법은 〈헨리 5세(Henry V)〉에서 막(幕)마다 도입되고 있으며, 〈로미오와 줄리엣〉의 1막과 2막의 코러스 장면, 〈겨울 이야기(The Winter's Tale)〉의 4막에서도 볼 수 있다.

또한 에필로그의 기법은 〈헨리 4세(Henry IV)〉와 〈당신이 좋으실 대로(As You Like It)〉에서 재현되고 있다. 이산가족과 그 재회의 플롯은 〈실수 연발〉〈겨울 이야기〉〈심벨린(Cymbeline)〉 등에서 볼 수 있다. 플라우투스의 〈아둘루라리아(Adulularia)〉는 구두쇠 딸이 젊은이와 사랑의 도피를 꾀하는 내용을 담고 있는데, 이 플롯은 〈베니스의 상인(The Merchant of Venice)〉의 로렌조-제시카의 서브 플롯에서 재창조되고 있다. 남자로 변장하는 인물의 창조는 플라우투스 특유의 인물 창조 기법인데 셰익스피어의 여주인공들 — 줄리아·포샤·로잘린드·비올라·이모진 등에서 다시 볼 수 있다.

〈사랑의 헛수고(Love's Labour's Lost)〉와 〈한여름 밤의 꿈(A Midsummer Night's Dream)〉에서 보여준 셰익스피어의 변장과 분규(紛糾), 이중 플롯 등의 기법은 그가 르네상스 이탈리아 희극에서 배운 것이다.


## 2. 셰익스피어 희극의 주제

셰익스피어의 희극은 결국 영국 르네상스 연극이 메난드로스, 플라우투스, 그리고 테렌티우스에서 이어받아 이룩한 전통적인 희극적 형식의 한 가지 변형이라 할 수 있다. 이와 같은 전통적 희극의 가장 두드러진 특성 가운데 하나는, 부모와 연적의 반대를 물리치고 사랑의 승리를 거두는 젊은 연인들의 이야기라는 점이다.

엄격한 사회적 인습이 지배하는 사회 속에서 독선과 아집만을 내세우는 악덕 인간들이 극 초반에는 대세를 장악하지만 극이 마무리되는 단계에서는 새로운 사회를 이끄는 젊은이들이 대세를 반전시키는 드라마로 발전된다. 이것은 인간이 속박된 상태의 비정상에서 자유를 얻는 정상 상태로의 회복을 실현하는 역전(逆轉)의 드라마가 되며, 개인적인 소원이 해결되면서 사회의 질서가 잡히고, 개인의 재생이 가능해지며, 사회와 국가의 존속이 이루어지는 행복한 결말의 통과의례다.

젊은이들은 어른들의 세계 속에서 그들에게 알맞은 자리를 차지한다. 젊은이의 사랑과 순수한 정열은 하나의 시대가 저물고 새로운 시대가 막을 올리는 변화의 계기요 원동력이다. 희극의 종결이 결혼으로 끝나는 것은 개인적인 의지가 실현되고 새로운 사회의 질서가 정착되는 상징적 표현이 된다.

노드롭 프라이(Northrop Frye)는 셰익스피어의 희극 세계를 '그린 월드(green world)'의 드라마라고 규정한다. 그에 의하면 극적 행동은 '정상 세계(normal world)'에서 시작되지만 그 세계는 '닫힌 세계(closed world)'다. 그 닫힌 세계로부터 열린 세계인 '그린 월드'로 진입하게 되고, 그 속에서 인간의 전신(轉身)과 세계의 전환이 이루어지면서 드라마는 변화된 '정상 세계'로 돌아온다는 것이다. 이런 경우 드라마는 두 세계의 상황적 대조감, 두 체험세계의 양상과 그 가치, 현실인식의 두 가지 측면 등을 극명하게 보여준다.

'정상 세계'의 최초의 액션은 법정이나 도시, 또는 가정에서 발생한다. 도시는 가정의 집합체이고, 결혼은 사회적인 의미를 갖게 된다. 도시를 다스리는 영주나 가정에서의 부모는 법의 엄격한 권위를 자랑하면서 결혼 적령기에 처한 젊은 남녀의 사랑을 위협하고 있다. 이 두 남녀들은 대부분의 경우 서로 가문이나 신분, 사회적 지위가 다른 인물들이다. 그들의 사랑은 기성세대 집단의 독선적이며 어리석은 주장과 반대에 부딪힌다. 젊은 남녀는 이들의 위협으로부터 벗어나기 위해 공작과 부모의 세계를 떠난다. 도시의 벽을 뛰어 넘어 꿈과 마술의 세계로 비상한다. 그 세계는 숲의 세계 — '그린 월드'이다. 그곳은 달빛 속에서 요정들이 춤추고, 목가적인 풍경 속에서 양치기들이 사랑을 꿈꾸는 곳이다. 나무가 자라고 꽃이 피고 있는 산속에는 공주 같은 여인이 영웅 같은 애인을 기다리고 있다.

이 '그린 월드'는 작품의 주제에 따라 서로 다른 의미를 지니게 된다. 〈베니스의 상인〉의 경우는 기성세대의 낡은 질서에 맞서는 자비와 관용의 미덕이 된다. 〈한여름 밤의 꿈〉의 경우는 이성(理性)의 도시 아테네의 법에 맞서는 달빛 젖은 공상과 욕망의 유토피아가 된다. 어떤 경우든 그것은 현재의 상태에서 이상적인 상태로의 이행(移行)을 의미하고 있다.

이 '그린 월드'의 세계로 탈출하기 위해 젊은이들은 처음에 여러 가지 어려운 시련을 겪게 되지만 그 과정을 통해 그들의 착한 마음은 더욱 견고해지고, 결국 행복한 결말을 누리게 된다. 그런데 행복한 결말은 시련의 극복과 운명의 변화에서 비롯되는 것이기는 하지만, 근원적으로는 마음의 변화에서 이룩되는 반전과 전신(轉身) 때문에 가능하다. 셰익스피어 희극에서 우리가 주목해야 되는 주제가 바로 이 일을 가능케 하는 사랑의 기능과 역할이다. 사랑은 인간의 마음을 열게 하고, 사람을 서로 접합시키며, 사람의 마음을 바꾸게 하고, 악을 패배시키면서 선을 실천케 한다는 것이다.

〈한여름 밤의 꿈〉의 주제는 사랑과 상상력이다. 사랑을 여러 국면으로 나누어서 표현하고 있는 점이 주제의 중층성을 느끼게 만들어준다. 테세우스와 히폴리타의 원숙한 사랑, 궁전의 젊은이들이 추구하는 독단적이며 일방적인 사랑, 요정의 왕과 여왕 부부가 권태기에 겪는 사랑의 감정, 요정의 여왕 티타니아와 직공 보톰이 뒤엉키는 그로테스크하고 에로틱한 사랑, 극중극에서 보여주고 있는 피라모스와 티스베의 고전적이며 정열적인 사랑 — 이 모든 사랑의 상황이 상호 연관되어 이야기가 전개되는 가운데 이상적인 사랑의 개념이 통합적으로 전달되도록 만들고 있다.


## 3. 셰익스피어 희극의 기법

셰익스피어 희극의 특징은 그 중층성에 있기 때문에 이 문제의 분석과 해명은 그의 극작 기법을 이해하는 데 필수적이다. 셰익스피어 작품의 플롯 · 인물 · 언어 · 주제 등은 복잡하게 서로 얽혀 있지만 전체적으로 볼 때에는 통일적인 효과를 나타낸다. 여러 가지 극적인 요소들이 서로 얽혀 있다는 것은 갈등 관계를 맺고 있는 대립구조가 희극의 기본적인 틀을 형성하고 있다는 뜻이 된다. 따라서 대립구조의 몇 가지 기본적인 틀을 검토하는 일은 셰익스피어 희극을 이해하는 데 큰 도움이 된다.

셰익스피어 희극의 첫 번째 틀은 다양화와 통일이다. 다양성은 엘리자베스 시대 희곡작품이 필연적으로 지니고 있는 성격인데, 셰익스피어의 경우, 플롯의 측면에서는 복합구조가 되어 메인 플롯과 서브 플롯이 서로 엉키고 있으며, 또한 비극적 부분과 희극적 부분이 공존하면서 에피소드·음악·무용·극중극 등의 장면이 삽입된다.

등장인물의 경우는 다양한 신분·계급·종족의 인간들과 초자연적인 망령·마녀·요정 등이 등장하며, 비극의 경우 주인공에게 초점을 맞춘 것과는 대조적으로 희극에서는 초점의 확산을 꾀하고 있다. 희극의 중심 테마는 사랑이지만, 그 사랑의 양상을 다양한 측면에서 조명하고 있는 점이 두드러진다. 이토록 복잡한 여러 가지 요소를 하나로 묶는 일은 톤(tone), 대조, 유사한 것의 병치(竝置), 보완관계의 설정 등의 기법으로 처리했다.

구성 면에서 볼 수 있는 중층성의 구체적 예를 우리는 〈한여름 밤의 꿈〉에서 볼 수 있다. 이 드라마는 세 가지 이질적인 세계로 구성되어 있다. 그것은 궁전의 세계와 서민의 세계, 그리고 요정의 세계다. 이 세 가지 세계가 드라마 속에서 혼연일체가 되고 있는데, 셰익스피어는 이 작품 속에서 스토리나 작중인물의 성격을 철저히 추적하는 방법 대신에 인간 상호 간의 관계, 그리고 사랑의 몇 가지 양상을 희극적으로 그리는 일에 치중한다. 그는 이와 같은 기교를 사용하면서 드라마에 현실적인 생동감을 안겨주고 있다. 꿈같은 이야기가 이상하게도 현실에 가까운 박진감을 지니도록 만들어내는 셰익스피어 희극의 특징은 중층적 기법이 거둔 성과라 할 수 있다.

두 번째 틀은 일상성과 비일상성의 대립이다. 이것은 현실과 이상의 대립이 되기도 한다. 사랑의 주제를 묘사하는 방법에서도 이 기법이

도입되고 있으며, 특정한 스토리, 극적 상황, 작중인물의 표현에도 사용되고 있다. 예컨대, 스토리의 장면이 공간이나 시간적으로 멀리 떨어져 있도록 설정되었지만, 인물과 풍속과 자연의 묘사는 일상생활의 모습을 그리고 있는 점을 들 수 있다.

〈한여름 밤의 꿈〉에 등장하는 테세우스는 신화 속의 영웅이지만, 행동과 의상은 엘리지베스조 식이다. 이런 기법은 무대와 관객의 거리를 떼어놓고, 다시 융화시키는 효과를 만들어낸다. 이 대립의 틀은 셰익스피어 희극에 있어서 구조적 패턴이 되고 있는, 일상성으로부터의 탈출과 귀환이라는 플롯 개념과도 일치한다.

세 번째 틀은 허상과 실상의 대립이다. 셰익스피어 희극의 중요한 모티브의 하나가 되는 '인물의 착각(mistaken identity)'을 떠받치고 있는 구조이다. 이 같은 착각은 상대방을 잘못 아는 것 이외에도 자기 자신의 진실한 모습을 보지 못하는 내면적인 착각도 포함하고 있다. 이 같은 착각을 유발하는 동기는 쌍둥이·마법·약물·변장 등의 트릭을 사용하는 경우와, 자부심과 편견 등의 내면적인 요인에서 오는 경우가 있다. 극중극의 기법도 이에 속한다. 허구와 현실이 뒤바뀌고 있다. 그 때문에 '웃음'이 생긴다. 젊은 연인들이 겪는 이성과 환상의 착오, 티타니아와 보톰의 착각 등이 이에 속한다.

성격 창조에서 볼 수 있는 중층성은 셰익스피어가 고전극·중세극 등의 전통에 따라 종래의 희극적 인물을 재생시키지만, 동시에 요정이나 변장한 여인 등과 같은 새로운 인물의 성격을 입체적으로 창조해내는 독특한 기법에서 생겨난다. 셰익스피어의 희극적 인물 속에는 서로 모순되면서도 융화되는 여러 가지 성격적 요소들이 포함되어 있다. 그 좋은 예가 폴스타프이다. 이 인물 속에는 중세극의 악마·방탕성·악·허풍쟁이·어릿광대 등의 잡다한 요소가 가득 차 있지만 전체적으로 보통사람의 유연한 입체적 성격으로 친근감을 안겨주고 있다. 중요한 것은 셰익스피어의 희극은 작중인물의 성격을 과장하는 성격희극이 아니고, 성격 이상으로 운명이나 우연이 큰 작용을 하고 있는 드라마라는 사실이다.

잭 본(Jack A. Vaughn)은 그의 저서 『셰익스피어 희극론』에서 '숲'이라는 상징적 공간 설정의 기법을 자세히 설명하고 있다. 그의 말을 인용한다.

> 젊은 연인들의 사랑이 희극운동의 주축을 이루고, 이 사랑의 '시작-진행-분규-해결'을 가져오는 데 있어 필수적인 장치가 '숲'인데 셰익스피어에 있어 가장 대표적인 '숲'은 아든 숲이다. 아든 숲과 같은 것으로는 〈한여름 밤의 꿈〉의 숲이 있다. 문제 해결을 가져오는 장소로 볼 때 〈십이야〉의 무대인 일리리아섬과 〈폭풍〉에 나오는 마법의 섬(enchanted island)도 같은 숲의 개념에서 취급하고자 한다. (중략) 아든 숲으로 대표되는 셰익스피어 희극의 숲은 도시의 숲과 대조되는 한가롭고 평화스러운 전원의 중심부분이다. 도시가 인습·전통·권위·규율·타락을 나타낸다면, 숲은 자유·신선함·젊음·치유·음악 등을 대표하는 곳이다. 이 숲속은 사랑의 도피처요, 요정이 뛰노는 곳이요, 사랑이 자유롭게 이루어지는 곳이요, 일상적 상식이 통하지 않고, 도시의 시간이 없는 '환상의 세계'이다. 희극 속에 '축제적인 놀이'가 있다고 볼 때에, 이 숲은 축제의 마당인 것이다.

셰익스피어의 희극작품은 대부분의 경우 지나친 명령이나 제안으로 시작된다. 이 같은 발단은 극심한 대립과 갈등을 조성하면서 극이 극한상황으로 치닫는 위기에 처하도록 하지만 해피엔딩으로 끝나게 된다. 도입부의 긴장감은 관객의 호기심을 자극하여 드라마의 결과에 대해 기대와 관심을 갖도록 만든다.

〈한여름 밤의 꿈〉에서 아버지는 그의 딸 허미아에게 디미트리우스와 결혼하도록 강요한다. 이것이 극의 발단이 된다. 그녀는 아버지의 강요를 피해 숲속으로 사랑의 도피를 감행한다. 젊은이들은 숲속에서 사랑의 시련을 겪게 된다. 이것이 극의 발전이요 전개가 된다. 극의 종말은 사랑하는 남녀가 각기 자신의 배필을 찾게 되는 해피 엔딩이 된다.

이들 희극작품 속에 표현된 사랑의 정황은 너무나 인위적이요 인습적이다. 〈한여름 밤의 꿈〉에서 셰익스피어가 애인들을 뒤섞어놓기 위해서 '사랑의 즙'을 사용하는 경우가 그 좋은 예가 된다. 퍼크의 장난은 웃음을 유발하고 기쁨을 선사해주지만 현실감은 상실되고 관객은 꿈속에서 환상을 보는 듯하다. 숲과 달빛과 밤의 극적 장치 속에서 인간은 꿈속을 헤매는 이상한 체험을 하게 되고, 그 체험 속에서 삶에 대한 계시를 받게 된다. 희극은 축제의 마당이라고 했다. 그 마당에서 웃고 놀면서 인간은 지혜가 생기고 변신을 거듭하게 된다.

셰익스피어의 비극작품은 한 가지 이념이나 사상에 극이 집중되어 있다. 그래서 주인공의 성격 분석이 극을 해명하는 데 중요한 구실을 하고 있다. 희극은 현실을 보는 눈이 더욱 다원적이다.

에드워드 다우든(Edward Dowden)은 그의 저서 『셰익스피어의 사상과 예술』에서 이렇게 말하고 있다. "셰익스피어는 그의 통합적인 재능처럼 유머 감각도 다양하다. 그는 절대로 인간 생활의 한 가지 국면만을 파헤치는 그런 종류의 극작가가 아니다." 다우든은 이 문제에 대해 계속해서 중요한 발언을 하고 있다. "영국 희곡의 전통은 진지한 것과 희극적인 것을 병치시키는 방법을 선호했다. 셰익스피어는 서로가 서로의 한 부분이 되도록 만들었다. 비극 속에 희극을 침투시키고, 희극 속에 비극적 진지함을 투영시킨 것이다." 이와 같은 맥락에서 로버트 코리건(Robert Corrigan)도 그의 논문 「희극과 희극 정신」에서 뜻깊은 말을 하고 있다. "연극사에서 가장 비극적인 장면의 하나가 히스 광야에서 폭풍우를 만나고 있는 리어 왕과 광대의 장면이다."

극의 소재는 언제나 중성적인 것이다. 그 소재를 다루는 극작가의 기법에 의해 비극·희극·멜로 드라마·소극 등의 의미가 생긴다. 이때 중요한 것은 극작가의 희극적 인생관이다. 그 인생관이란 무엇인가. 코리건은 다음과 같은 요지의 말을 하고 있다. "희극은 인간의 인내심을 찬양하는 내용이 된다. 인간은 숱한 실패를 거듭하더라도 좌절하지 않고 다시 일어나서 도전을 감행한다. 말하자면 소생에 대한 불굴의 의지를 지니고 있다. 따라서 희극의 정신은 '부활의 정신'이다. 그리고 희극적 체험에서 얻게 되는 기쁨은 패배를 거듭하더라도 인간은 즐겁게 살아남을 수 있다는 낙관적 인생관에서 연유한다. 희극적 행동의 중심에는 언제나 위기를 극복하고 행복한 결합을 이루는 사랑하는 연인들이 존재하고 있다는 사실이 이것을 입증하고 있다."

이 시점에서 우리는 극작가 이오네스코의 솔직한 발언에 주목해야 한다. 그의 말을 들어보자. "희극과 비극은 똑같은 상황의 두 가지 양상에 지나지 않는다. 나는 지금 이 두 가지를 구분할 수 없는 단계에 와 있다." 이런 엄청난 문제에 봉착한 극작가는 이오네스코 이전에 체호프가 있었고, 또 그 이전에는 물론 셰익스피어가 있었다. 체호프는 그의 작품 〈갈매기〉와 〈벚꽃동산〉을 희극이라 규정했다. 체호프는 "눈 앞에 있는 인생을 그대로" 표현했다. 산타야나(Santayana)의 "자연 속의 사물은 이상적인 본질을 유지하면 서정적이요, 운명을 생각하면 비극적이지만, 존재론적으로 보면 희극적"이라는 말대로 희극의 의미가 적용되는 경우이다.

존재론적으로 볼 때 "눈 앞에 있는 인생"의 현재적 모습은 부조리 그 자체이다. 그리고 그것은 보잘것없이 허무하다. 혹자는 이것을 비극이라 볼 수도 있다. 그러나 셰익스피어나 체호프, 그리고 이오네스코 등의 극작가들은 인간의 처절한 비운의 순간에 희극적 몸짓이 있는 것을 발견한다. 물론 이것은 해럴드 핀터(Harold Pinter)류의 '블랙 코미디'의 카테고리라고 말할 수도 있고, 부조리 연극을 보면 그렇게 인정할 수도 있지만, 고뇌와 좌절과 소외의 눈물을 삼키며 터뜨리는 체호프의 연극에서도 우리가 똑같이 느끼는 일이 된다.

인간 체험의 복합성과 난해성은 극작가들에게 때로는 비극을 간직한 희극의 혼합된 극형식을 추구하도록 만든다. 크리스토퍼 프라이(Christopher Fry)는 이 문제에 대해서 간결하게 언급하고 있다. "작중인물의 성격이 비극을 감당하지 못하면 희극은 불가능하다."

최재서는 그의 저서 『셰익스피어 예술론』에서 "인간을 불행에 빠지게 했다가 행복으로 인도하는 것이 셰익스피어 희극이다. 인간과 주위의 인간들의 관계가 원만할 때에만 인간은 행복할 수 있다. 행복은 사회적으로 실현된 질서이다. 셰익스피어의 희극들은 그러한 사회적 질서를 제일원리로서 추구한다. 그 기능은 단순히 관객을 웃기는 일이 아니라, 원만한 행복감을 주는 일"이라고 말한다.

인간의 불행을 표현하는 비극의 기법과 행복을 표현하는 희극의 기법이 공존하고 있는 〈로미오와 줄리엣〉(1594)은 내용으로 볼 때 비극에 속하지만 그 형식과 기법은 셰익스피어가 비극을 쓰기 전 희극작품을 쓰던 시기의 서정적 희극에 속한다. 이 작품은 〈한여름 밤의 꿈〉(1595), 〈베니스의 상인〉(1596) 등의 희극이 공연된 비슷한 시기의 작품이다. 이 작품의 소재는 이탈리아 민담에서 얻어 온 것인데 비극에 적합한 스토리를 지니고 있다. 셰익스피어는 이 소재를 활용해서 원숙한 희극적 기법을 구사하는 낭만적인 사랑과 죽음의 찬가를 성공시켰다.

# 4. 작품론

## 1) 로미오와 줄리엣

### 텍스트

이 작품의 텍스트인 첫번째 쿼토판(Q1)은 1597년에 인쇄된 것이다. 두 번째 쿼토판은 1599년에 인쇄된 것이다. Q1판은 좋은 대본이 못 된다. Q2판은 Q1판보다 700행이 추가되었다. 이후에 1609년 Q3판이, 연대 표시 없는 Q4판이 나온 후에 1637년 Q5가 나왔다. Q3판은 첫 폴리오판(Folio)의 토대가 되었다.

## 창작 시기

1591년부터 1596년에 걸친 광범위한 추측이 있다. 초창기 쪽을 주장하는 근거에는 유모의 대사(1막 3장 23행) "지진이 난 지 11년이 됐어요"가 1580년의 런던 지진을 지칭하고 있다는 주장 때문이다. 후기 연대를 주장하는 사람들은 1596년 에식스에 의한 카디즈 원정(Cadiz Expedition)의 내용을 텍스트에서 감지할 수 있다는 것이다. 또한 이 같은 주장을 뒷받침하는 이유의 하나가 Q1판의 표지에 인쇄된 1597년이라는 연대 표시이다. 하지만 일반적으로 인정되고 있는 연대는 1595년이다. 이 시기는 셰익스피어의 '서정극 시기(lyrical period)'의 초기이며, 셰익스피어가 심취했던 윌리엄 코벨(William Covell)의 저서 『폴리만테이아(Polimanteia)』가 1584년의 지진을 언급하고 있기 때문이다.

## 소재

창작의 원천으로서는 아서 브룩(Arthur Brooke)의 『로미오와 줄리엣의 비극적 유래(Tragical Historye of Romeus and Juliet)』(1562)가 꼽힌다. 이 작품의 스토리가 되는 두 젊은이의 사랑의 비극은 이탈리아 르네상스 시기에 유행하던 것이었다. 〈로미오와 줄리엣〉의 내용을 담고 있는 최초의 이야기는 마스키오 살레르니타노(Masuccio Salernitano)의 『일 노벨리노(Il Novellino)』(1474)이다. 이 이야기는 또한 마테오 반델로(Matteo Bandello)의 『르 노벨레 디 반델로(Le Novelle di Bandello)』(1560)를 내포하고 있는 윌리엄 페인터(William Painter)의 『쾌락의 성(The Palace of Pleasure)』(1566, 1567, 1575) 속에 담겨 있다.

## 플롯 시놉시스

1막 : 해묵은 원수지간인 두 명문 몬태규 가와 캐퓰리트 가 사이에 새로운 싸움이 번지기 시작한다. 몬태규 가의 로미오는 로잘라인과의 이루지 못한 사랑의 고뇌로부터 막 벗어나고 있는 중이었다. 그의 친구 벤볼리오는 로미오에게 캐퓰리트 가의 무도회에 가보자고 권한다. 로미오는 무도회에서 아름답고 청순한 처녀 줄리엣에게 매혹당한다. 줄리엣도 로미오를 잊지 못한다. 그들은 곧 그들의 사랑이 이룰 수 없는 불운한 사랑이라는 것을 알게 된다. 무도회에서 줄리엣의 사촌인 티볼트가, 로미오가 무도회에 침입한 것을 알고 공격하려 하지만 캐퓰리트 가의 가장이 그를 중지시킨다.

2막 : 로미오는 그의 친구들과 헤어져 정원으로 숨어 들어가 줄리엣 방 창문 밑에 몸을 숨긴다. 줄리엣이 읊조리는 사랑의 맹세를 엿듣고 그는 자신의 모습을 드러낸다. 두 젊은이는 열렬한 사랑의 갈망 속에서 다음날 오정에 은밀하게 결혼할 것을 약속한다. 다음 날 아침 줄리엣은 유모를 보내 결혼 준비를 시키고, 로미오는 로렌스 신부를 설득하여 결혼식을 집전하도록 함으로써 예식을 마친다. 로렌스 신부는 이들의 결혼이 두 집안의 분쟁을 종식시킬 것이라고 믿어 의심치 않는다.

3막 : 결혼식이 끝난 후, 로미오는 그의 친구 머큐쇼와 벤볼리오를 만나러 갔는데, 이 두 친구들은 티볼트와 격렬한 싸움을 벌였다. 티볼트는 로미오와 한판 승부를 하고 싶은데, 로미오는 그의 도전에 응하려 하지 않는다. 하지만 머큐쇼는 이 싸움에 말려들어 티볼트에 의해 치명상을 입고 끝내 죽는다. 로미오는 친구의 죽음을 보고 더 이상 참지 못한 나머지 티볼트를 살해한다. 로미오는 급히 로렌스 신부한테 간다. 한편 살인 사건을 보고받은 베로나 영주는 로미오의 추방을 언도한다. 줄리엣은 로미오에게 반지를 보내며 하룻밤을 그녀의 침실에서 보내자고 그를 불러들인다. 그는 밧줄을 타고 그녀의 침실로 들어간다. 그녀와 사랑의 잠자리를 나눈 다음 날 새벽, 그는 만토바로 유배의 길을 떠난다. 캐퓰리트 가에서는 줄리엣이 비밀리에 결혼한 것을 모르고 그녀를 패리스에게 시집보내려 한다.

4막 : 줄리엣은 어떻게 해야 할지 모르고 깊은 고민에 빠진다. 그녀는 양친에게 로미오와의 결혼을 고백할 수도 없고, 그렇다고 패리스와 결혼할 수도 없는 곤경에 처한 것이다. 그녀는 로렌스 신부를 찾아가서 상의한다. 로렌스 신부는 묘안을 짜낸다. 그녀가 패리스와의 결혼을 승낙한 다음, 로렌스 신부가 조제한 수면제를 복용하고 가사 상태에 빠진다는 것이다. 캐퓰리트 가에서는 줄리엣이 죽은 줄 알고 장례식을 치른 다음 줄리엣을 가족묘지에 안장할 것이다. 그녀가 잠에서 깨어날 때쯤 신부로부터 자초지종을 들은 로미오가 가족묘지로 와서 줄리엣을 데리고 만토바로 간다는 것이 로렌스 신부의 계획이었다. 줄리엣은 기꺼이 신부의 계획을 따르기로 작정한다.

5막 : 로렌스 신부의 부탁을 받고 심부름을 간 존 신부가 제 시간에 로미오에게 닿지 못해서 로렌스 신부의 전갈을 전하지 못한다. 로미오는 다른 경로로 줄리엣의 사망 소식을 접하게 된다. 로미오는 줄리엣이 가고 없는 세상을 살기보다는 차라리 스스로 목숨을 끊는 것이 낫다고 생각한다. 그는 독약을 구한 다음 밤중에 베로나로 온다. 그가 캐퓰리트 가의 묘지로 들어서는 순간 슬픔과 절망에 울부짖는 신랑 패리스를 만나 방해를 받는다. 로미오는 그를 죽이지 않으면 안 된다. 로미오는 줄리엣 곁으로 간다. 그녀에게 키스를 한 다음, 독약을 먹고 그 자리에서 죽는다. 로렌스 신부가 서둘러 묘지로 왔지만 때는 이미 늦었다. 로미오의 죽음도 말리지 못했고, 로미오의 죽음을 본 줄리엣이 자결하는 것도 막을 수 없었다. 두 젊은이가 사랑의 순교를 감행한 자리에서 원수지간이던 몬태규 가와 캐퓰리트 가는 서로 화해한다.

## 작품 평가

〈로미오와 줄리엣〉은 셰익스피어 작품 활동 초기, 〈한여름 밤의 꿈〉〈베니스의 상인〉 등의 희극과 〈존 왕〉〈리처드 3세〉 등 일련의 사극이 씌어진 시대에 속하는 걸작으로, 신선한 젊음의 감각과 낭만적인 서정성이 넘치는 희곡작품이다. 셰익스피어는 이 작품에서 그가 희극의 창작에서 얻은 능숙한 기법을 충분히 활용하고 있다. 이 작품에 등장하는 인물들은 희극에 등장해도 좋을 인물들인데, 이들의 밝고 기지에 넘친 요설(饒舌)과 대사는 다혈질의 기질과 낙천적인 성격 등과 합쳐져서 희극을 형성하는 중요한 구실을 하고 있다. 수많은 학자들과 비평가들은 이 작품이 셰익스피어 희극작품의 패턴에 맞추어져 있음을 지적하고 있다. 그 패턴은 무엇인가. 특정한 사회의 안정과 평화를 위해서는 희생양이 필요하다는 주제의 패턴이다.

셰익스피어 희극에는 어김없이 아름다운 연애 장면이 나온다. 〈로미오와 줄리엣〉은 그의 작품 가운데서 가장 아름답고, 애절한 사랑의 드라마라 할 수 있다. 게오르그 브란데스는 너무나 적절하게 평하고 있다. "이 작품은 첫눈에 매혹당하는 젊고 충동적인 사랑을 표현하고 있다. 그 사랑이 너무나 열렬하기 때문에 사랑의 온갖 장애물은 문제가 되지 않는다. 너무나 철저한 사랑이기 때문에 행복과 죽음 사이에서 중도(中度)의 길이란 없는 것이다. 이들의 사랑은 너무나 불운해서 황홀한 사랑의 결합에는 죽음의 그림자가 뒤따르고 있다."

〈로미오와 줄리엣〉은 낭만적인 서정극으로서 셰익스피어가 세네카의 영향을 많이 받고 있음을 알 수 있는 작품이기도 하다. 결국 서로 적대시하는 두 집안에 태어난 운명 때문에 순결한 두 젊은이가 불행한 죽음을 당하고, 우발적인 사건이 비극적 운명의 패턴을 만들어 나가는 경우가 이에 해당된다. 로미오가 무도회에 가서 줄리엣을 만난 것은 우연한 일이었다. 그가 티볼트와 머큐쇼의 결투 장면에 나타난 것도 우연한 일이었다. 로렌스 신부가 보낸 존 신부가 로미오를 만나지 못했기 때문에 로미오가 로렌스 신부의 계획을 몰랐던 것도 우연이었다. 줄리엣이 잠에서 늦게 깨어나 로미오의 음독을 말리지 못한 것도 우연이었다. 불운한 별자리의 숙명이 우연한 일을 만들어 드라마의 사건을 진전시키는 일은 셰익스피어가 세네카에서 빌려온 것이다. 〈로미오와 줄리엣〉에서 펼쳐지는 숱한 유혈극의 참상과 공포는 전형적인 세네카 비극이라 할 수 있다. 줄리엣의 무덤 장면, 피투성이가 되는 결투 장면, 피에 물든 티볼트의 시신, 마지막 장면의 처절한 죽음 등은 세네카류의 방식이다. 그러나 이와 관련해서 한 가지 주의해야 할 점은, 셰익스피어는 이들 두 젊은이의 죽음을 초래한 것이 운명인지, 아니면 젊은이들 자신의 무절제한 행동 때문인지에 대해서는 분명한 답변을 하지 않고 있다는 것이다.

〈로미오와 줄리엣〉은 특이한 작품이다. 셰익스피어의 독특한 극세계를 보여주고 있다. 왜냐하면 이 작품은 낭만적인 희극이면서 비극이고, 동시에 리얼리즘의 싹이 보이면서 다양하고 잡다한 요소가 서로 엉켜 있는 특이한 형식의 작품이기 때문이다. '불행한 별자리의 연인들' 이야기는 확실히 낭만적이다. 로미오와 줄리엣은 만나서 첫눈에 사랑하고, 몰래 결혼하지만 우연한 일로 비운의 죽음을 당하는 일들이 불과 닷새 동안에 일어나고 있다. 하지만 이 청춘의 사랑에 첨가되고 뒤따르는 것은 외설이요, 농담이요, 희극이요, 피투성이 싸움이요, 희희덕거리는 웃음, 터지는 홍소(哄笑)이다.

이 리얼리즘을 대변하고 있는 것이 유모의 역할이요, 머큐쇼의 성격이다. 머큐쇼는 꿈같은 이상적인 인물 로미오의 청춘상과 대조되는 감각적이고 현실적인 인물로 창조되고 있다. 아서 브룩의 시편에서는 미미하고 보잘것없는 인물로 묘사되고 있는데 셰익스피어가 독창적으로 살려낸 것이다. 새뮤얼 존슨(Samuel Johnson)은 "희극적 장면은 잘 그려지고 있는데, 비극성은 언제나 손상을 입고 있다"고 말하고 있으며, 찰턴(Henry Buckley Charlton)은 "비극적 이념의 형태에서는 실패한 작품이지만, 이만한 작품이 된 것은 셰익스피어의 시적 천재와 마술, 그리고 간헐적으로 나타나는 극적 재능 때문"이라고 말하고 있다.

그러기 때문에 나는 〈로미오와 줄리엣〉을 비극이니 희극이니 하는 카테고리에 넣기보다는 인간과 자연을 총체적으로 표현하고 있는 희비극 드라마로 보고 싶은데, 그 속에는 인간의 현실 그대로 순수와 불순, 사랑과 외설, 시와 산문, 슬픔과 웃음 등이 뒤섞여 있다. 극적 행동의 발전과정을 보아도 이것을 알 수 있다. 머큐쇼가 티볼트에 의해 살해되고, 친구의 원수를 갚느라 로미오가 티볼트를 죽이면서 극은 반전

되어 로미오는 추방되고, 줄리엣과 패리스의 혼담, 그리고 로렌스 신부의 묘책, 그 어긋남, 두 연인의 죽음, 그리고 양가의 화해로 끝나는데, 이 플롯의 진행 과정 속에는 유모의 희극적 행동과 이야기, 머큐쇼의 '마브 여왕', 시종 피터와 악사들의 희극적 장면 등이 삽입됨으로써 극의 대조감이 생겨 액션에 박력이 생기고 상쾌한 매력이 추가된다.

스퍼전(Caroline F. E. Spurgeon)은 그녀의 이미저리 연구에서 대조감의 기교가 빛의 이미저리로 활용되는 예를 〈로미오와 줄리엣〉에서 찾고 있다. 태양·달·별·불꽃·낮·밤·어둠·구름·비·안개·연기 등 이미지의 대조감으로 사랑을 표현하고 있다는 것이다. 줄리엣에게 로미오는 '밤 속의 낮'이다. 로미오에게 줄리엣은 '동쪽에서 떠오르는 태양'이다. 셰익스피어는 로미오와 줄리엣의 사랑을 금세 불이 붙었다가 빠르게 타오르는 불꽃이 순식간에 꺼지는 빛의 이미지로 보았다. 빛·햇살·별빛·달빛·일출·일몰·불꽃·유성·촛불·횃불·어둠·구름·안개·비·밤 등의 이미지는 이 작품의 분위기와 사랑의 감정을 고양시키는 배경의 그림이 되고 있는 것도 우리가 주목해야 할 부분이다. 두 집안의 불화도 '억센 불꽃' 등으로 표현되고 있다.

셰익스피어의 언어는 1596년 이전에 오랫동안 영국에서 애송되었던 사랑의 서정시에서 빛의 언어와 음악을 얻어왔다. 그 언어의 대표적인 경우를 우리는 1막 5장 95~100행의 소네트에서, 3막 2장 1~31행의 소야곡에서, 3막 5장 1~59행의 중세시대의 사랑의 서정시에서, 그리고 5막 3장 12~17행의 비가(悲歌)에서 볼 수 있다.

〈로미오와 줄리엣〉은 전 세계 젊은이들이 언제 어디서나 가장 많이 찾는 책 가운데 한 권이다. 그 속에는 젊음과 사랑, 그리고 이별과 죽음의 문제가 제기되고 있기 때문이다. 셰익스피어는 극작가 초기 시절에 이 작품 속에 숱한 이질적인 여러 가지 극적 요소들을 투입해서 엘리자베스 시대 희극과 비극의 새로운 발전의 기틀을 잡았다. 햄릿은 로미오의 연장일 수도 있다. 오필리어와 코델리아는 줄리엣의 연장일 수도 있다. 주제와 플롯, 그리고 성격 창조에서 그는 뛰어난 재능을 일찍이 이 작품에서 선보인 셈이다.

## 2) 한여름 밤의 꿈

### 텍스트

가장 신뢰할 만한 텍스트는 첫 번째 퀴토판이다. 1600년에 인쇄한 것이다. 두 번째 퀴토판은 1619년에 인쇄했는데 첫번째 퀴토판을 토대로 해서 지문을 첨가했다. 1623년의 첫 번째 폴리오판은 두 번째 퀴토판을 재인쇄한 것이다. 퀴토판에는 막과 장면 표시가 없었다. 첫번째 폴리오판에 이르러 막이 구분되었다.

### 창작 시기

확실하지 않지만 1594~1595년으로 추정하고 있다. 연대를 추정하는 단서는 티타니아가 언급한 1594년의 심한 강우(降雨)다. 1592년에 죽은 로버트 그린(Robert Greene)에 대한 언급(5막 1장 52~54행)을 제시하는 학자도 있다.

## 소재

플롯은 셰익스피어의 창작이다. 작품의 여러 부분들은 제각기 다른 소재를 갖고 있다. 두 쌍의 연인들이 서로 얽히는 정사의 플롯은 이탈리아 희극에서 소재를 구한 것이고, 셰익스피어는 이 소재를 그의 작품 〈베로나의 두 신사〉에서 다시 활용하고 있다. 테세우스와 히폴리타에 관한 이야기는 초서 (Chaucer)의 『기사 이야기』에서 얻어온 것이다. 셰익스피어는 또한 플루타르크 영웅전 가운데서 '테세우스의 일생'을 1579년판인 노스(North)의 번역판으로 읽었으리라 짐작된다. 피라모스와 티스베의 이야기는 오비디우스(Ovidius)의 『변신(Metamorphoses)』에서 소재를 구한 것이다. 요정 퍼크(로빈 굿펠로)에 관한 민담은 그가 어린 시절 고향 땅에서 들은 이야기다. 그 당시 스트랫퍼드에서는 이런 얘기들이 널리 퍼져 있었다.

## 플롯 시놉시스

1막 : 아마존의 여왕 히폴리타와의 결혼을 앞둔 아테네의 공작 테세우스는 특별한 여흥거리를 만들라는 지시를 내린다. 이 여흥의 일부를 아테네의 직업인들이 맡는다. 이들은 아테네 교외에 있는 숲속에 집합해서 보톰의 연출로 각자 드라마의 역할을 맡는다. 에게우스는 불만이다. 그의 딸 허미아가 그가 선택한 디미트리우스를 멀리하고 라이산더와 결혼하려 하기 때문이다. 아테네의 법은 아버지의 명령을 따르게 되어 있다. 허미아와 라이산더는 아테네의 숲속으로 사랑의 도피를 감행한다. 하지만 이들 한 쌍의 연인들은 큰 실수를 한다. 그들의 도피 계획을 사전에 헬레나에게 알렸던 것이다. 헬레나는 허미아의 친구인데 디미트리우스를 몹시 사랑한다. 그러나 디미트리우스는 허미아를 사랑한다.

2막 : 아테네의 숲속에는 요정들이 있는데, 이들은 공작의 결혼을 축하하기 위해 인도에서 날아왔다. 이들의 지배자인 오베론 왕은 티타니아 여왕과 심한 갈등을 빚고 있다. 어린 인도 소년의 보호 문제로 서로 다투고 있기 때문이다. 오베론은 그녀를 처벌하려고 결심한다. 그의 부하 로빈 굿펠로를 시켜 신비로운 꽃의 즙을 따서 그 즙을 티타니아 여왕의 잠든 눈에 바르고 오라고 지시한다. 이 즙을 눈에 바르면 잠에서 깨어났을 때 처음으로 보게 되는 생물을 사랑하게 된다. 그녀는 짐승을 보게 된다. 그래서 그 짐승을 깊이 사랑하게 된다. 다시 오베론은 퍼크에게 명령해서 잠들어 있는 디미트리우스 눈에 꽃즙을 바르고 오라고 지시한다. 그러나 퍼크는 실수를 해서 꽃즙을 라이산더 눈꺼풀에 바르게 된다. 그는 허미아 가까이에서 잠들어 있었다. 헬레나가 잠자는 라이산더를 깨우는데, 그녀를 본 라이산더는 그녀를 쫓아다니면서 사랑을 고백한다. 잠에서 깨어난 허미아는 옆에 라이산더가 없는 것을 알게 된다. 허미아는 라이산더를 찾아 나선다.

3막 : 보톰과 아마추어 극단원 일행은 숲속에서 연습을 하고 있다. 그러나 퍼크가 이들을 놀라게 해서 보톰의 어깨 위에 당나귀 머리를 얹어놓았다. 그러나 보톰은 그의 모습이 변한 것을 알지 못한다. 그는 노래를 하면서 자신만만하게 여기저기 걸어다니며 티타니아의 잠을 깨우려고 한다. 오베론의 꽃즙 때문에 티타니아는 잠에서 깨어나자 처음 본 보톰을 사랑하게 된다. 한편 오베론은 퍼크의 잘못을 시정하기 위해서 잠든 디미트리우스에게 꽃즙을 발라 그가 깨어났을 때 헬레나를 보도록 한다. 디미트리우스와 라이산더는 헬레나의 사랑을 얻기 위해 결투를 시작한다. 오베론의 지시를 받은 퍼크는 디미트리우스와 라이산더를 떼어놓는다. 그가 잠이 들자 퍼크는 라이산더의 눈꺼풀에 꽃즙의 해독제를 발라준다. 허미아와 헬레나도 잠이 든다.

4막 : 오베론은 티타니아와 보톰을 잠들게 하고, 인도 소년을 그녀의 품에서 빼앗아온다. 퍼크는 보톰의 어깨에서 당나귀 머리를 떼어내준다. 그러고 나서 여왕의 잠을 깨운다. 해가 떠오르자 테세우스, 히폴리타, 그들의 일행이 모두 숲속에 모인다. 그들은 잠자는 네 사람의 연인들을 깨운다. 디미트리우스는 헬레나와 결혼하고자 한다. 테세우스는 두 쌍의 연인들이 그와 함께 합동 결혼식을 거행할 것이라고 선언한다. 보톰도 이상한 꿈에서 깨어나 연극 연습에 열중한다.

5막 : 결혼식이 끝난 후, 이들은 보톰이 연출한 연극을 관람한다. 한밤중이 되었을 때, 여섯 명의 연인들은 물러간다. 퍼크가 막을 내린다.


### 작품 평가

엘리자베스 시대의 세계상에 대해서 틸랴드는 그의 저서 『엘리자베스 시대의 세계상(The Elizabethan World Picture)』(1949)에서 다음과 같이 설명하고 있다. 이 세계는 '신-천사-인간-동물-식물-무생물'로 구성되며, 이 같은 순서대로 어떤 계급을 형성하고 있다. 이 계층을 다시 보면 천사에도 9개 층이 있고, 인간에도 주종, 부자 등의 종속관계가 있으며, 동물에 있어서도 말은 개나 돼지 등보다 상위에 속한다고 되어 있다. 이것은 식물에도 해당되고, 무생물도 물은 흙보다 위요, 루비는 황옥보다 위이며, 금은 황동보다 더 고귀한 존재다. 개개의 창조물은 존재라는 쇠사슬의 일부에 지나지 않는다. 그 쇠사슬은 신의 옥좌 발끝에서 시작되어 무생물의 최하위 존재에까지 연결되고 있다는 것이다.

엘리자베스 시대 사람들의 세계관을 지배하던 이 같은 질서관은 두 가지 의미를 지니고 있다. 그중 하나는 그들이 이 세계를 완전한 통일성을 지니고 있는 부동의 질서 위에 형성되어 있다는 것이고, 또 하나는 이 질서를 깨고 신하가 임금에게 반역한다든지, 아들이 부모에게 등을 돌리면 존재의 쇠사슬에 거역하는 것이고 궁극적으로는 신을 거역하는 대죄를 짓는 것이 된다. 하지만 때는 인간의 해방, 모든 것이 허락되는 가능성의 시대였다. 기존의 질서에서 벗어나고자 몸부림을 치고 있는 그런 시대였다. 이 시대 사람들은 그동안 지켜오던 질서체계가 내적이며 외적인 무질서와 혼돈 때문에 흔들리고 있는 것을 느끼고 있었다. 횡포가 심한 군주나 부모에게 반항하려는 신하들과 자녀들이 간혹 생기는 경우가 있었다. 이 경우 사람들은 기묘한 심리적 반응을 일으키고 있었다. 셰익스피어는 이 같은 인간 심리의 심층을 파고들었다.

〈한여름 밤의 꿈〉에는 세 가지 층의 세계가 있다. 요정계, 귀족과 신사들의 세계, 그리고 직능인들이 사는 세계이다. 엘리자베스 시대 사람들에게는 이 세 가지 세계는 서로 차원이 다른 세계다. 셰익스피어는 이 작품에서 제1막 1장에 귀족과 신사의 세계를, 제2장에 직업인들의 세계, 그리고 제2막 1장에서는 전반을 요정의 세계로 나누어서 무운시(無韻詩), 산문(散文), 압운시(押韻詩) 등의 언어로 또다시 구분해서 각기 독립된 장으로 제시하고 있다. 제2막 1장 후반에서는 요정과 직공들, 제2장에서도 요정과 직공들, 제3막 1장에서는 귀족과 직공들, 제2장에서는 요정과 직공들, 그리고 제4막 1장에서는 요정과 왕비와 당나귀 머리를 쓴 직공 보톰이 등장해서 정사 장면을 만드는 기상천외의 극적 상황이 전개된다. 셰익스피어는 이 장면을 만들고 작품이 완성되었다고 기뻐했을 것이다. 제4막 2장은 귀족 신사, 제5막 1장은 세 계층의 사람들이 모두 등장해서 대단원의 막을 내린다.

이토록 이 작품은 관객들의 질서 감각을 교묘하게 이용하고 미묘한 가치판단의 균형을 유지하면서 세 계층의 세상에서 벌어지는 생활상, 사랑의 문제, 인간의 관계 등을 혼합해서 총체적으로 통일감 있는 드라마로 만들어 나가고 있다. 서론 부분에서 셰익스피어 극작술의 특징이 중층성에 있다는 것을 설명했는데, 그 뜻을 이런 구체적인 사실을 통해 이해할 수 있을 것이다. 문제는 이 세 가지 이질적인 요소를 혼합시킬 수 있는 방법이 무엇인가 하는 점이다. 그것이 바로 '꿈'의 기능이다.

얼핏 보아 이 드라마는 '꽃즙'이 우연하게 일으킨 동화적 꿈 이야기라고 말할 수 있겠지만 자세히 보면 그것은 사랑의 어리석음과 허무함을 풍자한 희극이다. 그러나 다시 이 드라마를 검토해보면 자신이 누구인지 모르는 자아 상실의 소극적(笑劇的) 부조리극이 되지만, 다시 한 번 근원을 캐면 인생은 결국 꿈에 지나지 않는다는 셰익스피어의 인생관이 압축된 영혼의 드라마임을 알 수 있다.

이 작품이 더비 백작과 셰익스피어의 후원자였던 옥스퍼드 백작의 딸 레이디 엘리자베스 드 베어의 결혼식을 축하하기 위해 공연된 것을 생각하면 이 작품의 사회적 의미를 결코 소홀히 할 수 없다. 더욱이 어전(御前)공연이었다. 그 당시 여왕과 허트포드 백작 사이의 불화를 감안하더라도 그렇고, 스코틀랜드 왕 제임스 6세의 비겁함을 풍자한 3막

2장의 연습 장면 등을 보더라도 꿈을 통한 현실의 재조명은 극작가에게 큰 용기가 필요한 것이었고, 그래서 그 일은 셰익스피어 연극이 할 수 있는 예술적 특권이었다.

## 3) 베니스의 상인

### 텍스트

최고의 텍스트는 1600년에 나온 첫번째 퀘토판이다.

### 창작 시기

이 희곡은 1598년 7월 22일 작품 등기소(the Stationer's Register)에 등록되었다. 창작 시기는 1596년부터 1598년 사이로 추정할 수 있다. 창작 연도는 1594년 6월에 있었던 로페즈(Dr. Lopez)의 처형 때까지 올라간다. 또 한 가지 단서는 제1막 1장 27행에서 언급된 스페인의 함선 세인트앤드루인데, 영국의 카디즈 원정 때 나포되었다. 이 소식이 영국에 도달한 것은 1596년 7월이었다.

### 소재

조바니 피오렌티노(Ser Giovanni Fiorentino)가 1378년에 쓴 이탈리아 소설 『얼간이(Il Pecorone)』와 영국의 스티븐 고센(Stephen Gossen)의 작품 『폭력학교(School of Abuse)』(1579), 그리고 말로의 『말타의 유대인(The Jew of Malta)』 등이 중요한 소재가 된다. 1586년 유대인 의사 로데리고 로페즈는 여왕의 주치의가 되었다. 그 이후 그는 여왕 살해 음모 사건으로 체포되어 1594년 처형되었다. 당대에 있었던 이 사건이 이 작품을 쓰는 데 영향을 끼쳤으리라 추측된다. 1594년 8월 25일 로즈 극장에서 〈베니스의 희극(Venesyon Comedye)〉이라는 작품이 공연되었다. 이 작품이 셰익스피어가 입수한 직접적인 소재원(素材源)이 된다고 추측되는데, 현재 이 작품은 남아 있지 않다. 이 작품은 헨슬로(Henslowe)의 일기에 기록으로 남아 있다.

### 플롯 시놉시스

1막 : 베니스의 상인 안토니오는 그의 친구 바사니오를 돕기 위해 3천 두카트를 유대인 고리대금업자 샤일록으로부터 빌린다. 바사니오는 품성이 고귀하지만 가난했다. 그리고 그는 벨몬트의 아름다운 처녀 포샤에게 구혼 중이었다. 샤일록은 안토니오에게 무이자로 돈을 빌려준다고 약속했다. 그러나 석 달 안으로 돈을 갚지 않으면 심장에서 가장 가까운 데 있는 1파운드의 살점을 몰수한다는 조건이었다. 바사니오는 이 같은 계약 조건이 마음에 들지 않았지만 안토니오는 그의 상선이 두 달 안으로 귀항할 터이니 채무를 이행하는 데 별 문제가 없을 것이라고 말해서 그 조건을 수락했다.

2막 : 포샤의 구혼자 모로코 왕이 벨몬트에 도착한다. 그는 포샤의 지시에 따라 상자를 선택해야 한다. 구혼자들은 금·은·납으로 된 세 가지 상자 가운데서 하나를 선택해야 한다는 것이다. 올바른 상자를 선택한 사람만이 포샤와 결혼할 수 있었다. 바사니오는 돈을 들고 구혼하기 위해 벨몬트로 온다. 그레시아노가 그와 동행했다. 바사니오 곁에는 한때 샤일록의 하인이었던 어릿광대 란슬로트 고보가 있다. 바사니오의 또 다른 친구인 로렌조는 샤일록의 딸 제시카와 사랑의 도피를 감행한다. 그녀는 아버지의 재산을 잔뜩 들고 나왔다. 모로코 왕은 금상자를 선택해서 실패했다. 또 다른 구혼자인 아라곤 왕은 은상자를 선택해서 실패했다. 이때 바사니오의 도착이 알려진다.

3막 : 안토니오의 상선 세 척이 좌초됐다는 소식이 전해진다. 샤일록은 안토니오의 불운을 기뻐하며 채무에 대한 대가를 요구한다. 포샤는 바사니오를 도와서 납상자를 선택하도록 한다. 그녀는 그의 행운을 기념해서 그에게 반지를 선사한다. 그레시아노는 포샤의 하녀 네리사의 사랑을 얻는다. 곧이어 로렌조와 제시카가 등장한다. 이들은 모두의 행운을 기뻐하고 있다. 그러나 안토니오의 불행한 소식이 전달된다. 모든 기쁨이 사라졌다. 포샤는 급히 바사니오와 결혼하고, 그를 베니스로 보낸다. 돈을 갚는다는 약속을 전달하기 위해서다. 그녀와 네리사는 벨몬트에서 기다리기로 한다. 그러나 그들은 곧 젊은 법률가와 서기로 변장한다. 안토니오를 구하기 위해서 그들은 베니스로 출발한다. 안토니오는 샤일록의 마음을 바꾸려고 노력한다. 그러나 고리대금업자는 완강하다.

4막 : 포샤와 네리사가 베니스 법정에 도착한다. 안토니오를 변호하기 위해서다. 바사니오가 빚을 세 배로 갚는다 해도 샤일록은 단호하게 거절한다. 포샤는 샤일록에게 약속대로 살점 1파운드를 잘라내는 것은 좋지만 피를 한 방울이라도 흘리거나 중량을 초과하면 안 된다고 못박는다. 기독교인의 피를 한 방울이라도 흘리게 하면 베니스 법에 의하여 그의 재산은 전부 몰수된다고 말한다. 궁지에 몰린 샤일록은 세 배의 차용금을 받겠다고 요청한다. 그러나 법정은 살점 1파운드만 허락한다고 선언한다. 결국 법정은 샤일록이 선량한 시민의 생명을 위협했기 때문에 샤일록의 재산 가운데서 반은 국가에서 몰수하고, 나머지 반은 안토니오에게 귀속시킨다고 판결한다. 그러나 샤일록의 목숨만은 살려둔다고 관용을 베푼다. 안토니오는 그가 받게 되는 재산은 샤일록이 죽으면 로렌조에게 주기 바란다고 말한다. 포샤와 네리사는 사례금은 받지 않겠지만 바사니오와 그레시아노의 반지를 감사의 표시로 받겠다고 말한다. 두 사람은 반지를 빼주고 벨몬트로 간다.

5막 : 로렌조와 제시카가 벨몬트의 밤을 즐기고 있는 동안 포샤와 네리사는 바사니오와 그레시아노보다 한 발 앞서서 도착한다. 두 남자가 도착했을 때, 두 여인은 그들의 남편들이 결혼 반지를 남에게 주고 온 것에 대해서 짐짓 화를 내는 척한다. 그러다가 포샤는, 변장을 하고 베니스에 간 사실을 이들에게 알려준다. 이들이 서로의 행복한 결말을 축하하고 있는 동안에 안토니오의 배가 무사히 베니스 항구에 도착했다는 소식을 접한다.

### 작품 평가

〈베니스의 상인〉은 샤일록이 위력을 발휘하는 연극이다. 셰익스피어는 샤일록의 성격을 악덕 고리대금업자로 창조했다. 고리대금업은 중세 이후부터 부도덕한 직업으로 간주되었다. 샤일록은 극 초반에서부터 물욕에 찌든 교활한 노인으로 묘사되고 있는데, 그가 맡고 있는 역할이 악역이기 때문에 그는 결국 비극적 종말을 맞게 될 것이라는 것을 당시 관객들에게 암시하고 있는 것이었다. 셰익스피어는 혹독한 이 유대인에게 인간적인 면모를 부여하고자 노력하고 있는데, 그가 무대에 모습을 나타내면 비극적인 정조가 깔리는 것은 어쩔 수 없는 일이다. 그의 딸 제시카가 기독교도와 사랑의 도피를 하고, 그의 종교와 가족이 모멸당하는 국면에서 샤일록은 기독교도들에 대해서 증오심과 복수심을 갖게 된다.

사실 〈베니스의 상인〉은 셰익스피어의 극 가운데서도 특히 종교색이 강한 작품으로 인식되고 있다. 리치먼드 노블(Richmond Noble)은 그의 저서 『셰익스피어의 성서적 지식(Shakespeare's Biblical Knowledge)』에서 다음과 같이 언명하고 있다. "성서로부터의 인용이라는 관점에서 볼 때, 이 작품은 셰익스피어 극 가운데서도 가장 중요한 작품이 된다. 왜냐하면, 이 극 속에는 샤일록의 묘사 가운데에 작가가 성서를 면밀하게 연구한 흔적을 볼 수 있기 때문이다."

우리는 샤일록이 성서로부터 숱한 인용을 하고 있음을 주목해야 한다. 또한 셰익스피어가 유대인 샤일록을 묘사하는 데 있어서 성서로부터의 인용을 어떻게 이용하고 있는지에 대해서도 면밀한 관찰이 필요하다. 이런 사실을 규명하면서 우리는 이 작품의 주제가 어디에 있는지에 대해서도 연구해보아야 한다.

우선 발견되는 성서의 언급은 1막 3장의 '야곱과 라반의 이야기' '아버지 에브라함', 2막 5장의 '야곱의 지팡이' '하갈의 아들', 4막 1장의 '다니엘 님이 재판하러 오신다' 등 구약성서의 언급과 1막 3장의 '나자렛의 예언자가 마술을 써서 악마를 그 속에 밀어 넣었다', 2막 5장의 '방탕자 기독교도', 4막 1장의 '바라바의 자손' 등 신약성서로부터의 언급이 있음을 알게 된다. 성서에 대해 샤일록 이상으로 많이 언급하고 있는 인물은 포샤인데, 그녀의 언급은 4막 1장의 재판 장면에서 자비심을 찬양하는 대목에서 이루어지고 있음을 알 수 있다.

이 같은 성서의 언급은 이 작품의 주제와 밀접한 관계를 맺고 있는데, 그 주제를 우리는 두 가지 근원적인 대립의 존재에서 확인할 수 있다. 그 대립의 한쪽에 샤일록이 있다. 그는 '법'과 '재판'을 대변하고 있다. '눈에는 눈, 이에는 이'라는 복수의 원리에 입각해서 계약문서를 내세우며(3막 3장) 완고하고 엄격한 태도를 견지하고 있다. 이같은 샤일록의 태도는 생명을 부여하는 영혼의 발동이 아니고, 생명을 죽이는 살의를 품고 있다. 또 하나의 대립적 존재인 포샤는 '희생'과 '자비'를 대변하고 있다. 처벌을 요구하는 샤일록에 대해서 포샤는 신의 가르침을 언급하며 자비심을 찬양하는 유명한 대사를 전달하고 있다. 안토니오를 재판하는 장면에서 이 같은 두 대립적인 존재의 충돌이 명백하게 그려지고 있다.

메인 플롯에서 볼 수 있는 이 같은 대립의 반영은 서브 플롯의 구조 속에서도 확인할 수 있다. 란슬로트 고보가 처음으로 무대에 등장해서 양심과 악마에 관해서 말하고 있는 대목에서 특히 잘 나타나고 있다. 란슬로트는 '유대인인 전 주인(샤일록)을 피해', '기독교도인 새 주인(바사니오)'한테 왔다고 하면서 무대에 나타난다. 란슬로트의 이 같은 행위는 나중에 제시카가 로렌조와 도망가는 사건의 전조라고 할 수 있다. 악마의 노예였던 란슬로트는 하느님의 은혜로 떳떳한 인간으로 탈바꿈되며, 낡은 율법에 묶여 있던 유대인의 딸 제시카는 새로운 율법 속에서 기독교도의 신부가 되는 드라마가 〈베니스의 상인〉이다.

〈베니스의 상인〉에서 다루는 또 다른 주제는 사랑과 우정이다. 이 극에는 바사니오와 포샤의 이지적 사랑이 있는가 하면, 로렌조와 제시카의 로맨틱한 사랑도 있다. 안토니오와 바사니오의 아름다운 우정이 있고, 란슬로트 고보 부자의 어릿광대 웃음거리도 있으며, 포샤가 주관하는 상자 선택의 게임이나 인육 재판의 아슬아슬한 이야기도 있다. 이들 플롯들이 그 나름대로 드라마를 발전시키고 있으며, 그 드라마의 흐름에 따라 작중의 주인공이 바뀌는 복수(複數) 주인공의 양상을 지니고 있다. 셰익스피어 초기 희극의 특징인 중층성의 현상인데, 이 경우는 한 가지 액션으로 주제나 인물을 통합시키는 일이 불가능해지고 플롯이나 인물이 다양해진다. 이 같은 유형의 작품에서는 인간과 세계를 보는 극작가의 관점과 감성이 중요하다. 그 관점은 리얼리즘이요, 그 감성은 희극적이다. 리얼리즘의 시각은 날카로운 현실 비판이 되고, 대립과 갈등의 플롯을 전개시킨다. 희극적 감성은 자비와 관용과 사랑의 아름다움을 고양시키면서 서로 반목하는 두 세계의 화해를 유도한다.

샤일록은 엘리자베스 시대 사람들의 증오의 대상이었다. 당시 유대인 문제에 관해서는 세 가지 측면에서 보아야 한다. 첫째는 1290년 에드워드 1세가 공포한 유대인 추방령이 그 당시에는 아직도 유효했다는 사실이다. 이들의 국내 거주가 허락된 것은 1650년 크롬웰 시대에 이르러서였다. 두 번째는 이들 대부분의 국내 거주 유대인들이 고리대금업을 하고 있었다는 사실이다. 그 당시 영국인들은 안토니오의 경우에서 알 수 있듯이 이자 받고 돈 빌려주는 일을 죄악시했다. 하지만 때로는 불가피하게 유대인으로부터 돈을 빌리는 일이 생겼다. 그러나 그것은 죄악감이 수반되는 일이었고, 그 감정이 굴절되어 유대인 증오의 감정으로 발전되었다. 세 번째는 엘리자베스 여왕의 시의(侍醫)였던 유대계 포르투갈인 로더리고 로페즈의 여왕 암살 계획의 발각이다. 이 사건은 엘리자베스 시대 영국인들에게 반유대인 감정을 폭발시켰다. 이런 연유로 안토니오 · 바사니오 · 포샤 등의 주인공군(主人公群)과 샤일록의 대결은 인종 · 종교 · 경제의 차원을 넘는 갈등으로 발전되어 우정과 사랑의 세계와 증오와 복수의 세계와의 충돌의 드라마가 형성된 것이다. 이 충돌은 인간의 건강하고 밝은 면과 병들고 어두운 면이 서로 부딪치는 투쟁이라 할 수 있다.

셰익스피어는 〈베니스의 상인〉을 통해 인생에는 사랑과 미움이 있고, 꿈과 법이 있으며, 웃음과 비통함까지도 함께 있다는 사실을 우리들에게 깨닫게 해주고 있다. 끝으로 언급하고 싶은 것은 두 개의 대립되는 이질 공간인 베니스와 벨몬트의 배경 설정이다. 현실과 꿈, 법과 사랑의 두 공간이 지리적으로 구분되고 있는 점이 희극적 복합구조에 도움을 준다. 항구 베니스는 해가 떠 있는 생존경쟁의 장(場)이요, 벨몬트는 달빛이 가득 찬 사랑의 장(場)인 것이다.


## 4) 당신이 좋으실 대로

### 텍스트
가장 권위 있는 텍스트는 첫번째 폴리오판(1623)이다.

### 창작 시기
1599년 후반부터 1600년 전반에 창작되었다고 추정하고 있다. 이때는 셰익스피어가 〈십이야〉(1600), 〈줄리어스 시저〉(1599) 등의 명작을 쓰던 시기였는데 4대 비극의 시기가 목전에 다가오고 있었다. 〈햄릿〉은 1601년이었다.

## 소재

직접적인 소재원은 토마스 로지(Thomas Lodge)의 소설 『로잘린드, 유푸스의 황금유산(Rosalynde, Euphues' Golden Legacie)』(1590)이다. 그러나 셰익스피어는 등장인물의 이름을 바꾸고 제이퀴즈, 터치스톤, 오드리, 윌리엄, 올리버 마텍스트 등의 인물을 새로 창조해냈다. 로지의 소설에 등장하는 로잘린드는 드라마 속의 인물과 같고, 소설 속의 로자다가 드라마 속의 올랜도이다. 줄거리는 아주 비슷하다. 그러나 셰익스피어가 이 소설을 토대로 해서 희곡을 썼을 때, 그 작품에 등장하는 인물들은 생동감에 넘치게 되고, 드라마의 중요 무대가 되는 '아든 숲'은 생명의 숨결을 뿜게 된다.

## 플롯 시놉시스

1막 : 롤런드 드 보이스 경의 장남인 올리버는 그와 그의 동생들에게 건네진 유산을 막냇동생인 올랜도의 교육비와 양육비에 사용하는 것을 거절한다. 올랜도는 이 상황에 불만이다. 올랜도는 씨름꾼 찰스에게 도전한다. 형 올리버는 이 일에도 냉담하다. 찰스는 프레드릭 공작의 최고 씨름꾼이다. 공작의 경기장에 나온 로잘린드를 실리아가 위로하고 있다. 왜냐하면 로잘린드의 아버지 노공작이 프레드릭 공작에 의해 추방되어 아든 숲속에서 외롭게 살고 있기 때문이다. 올랜도가 씨름에서 찰스를 물리친다. 프레드릭 공작은 올랜도가 옛 정적인 유형당한 공작의 아들인 것을 알고 축하해주지도 않고 오히려 로잘린드를 추방시킨다. 로잘린드가 쫓겨나면 그녀도 함께 가겠다고 실리아는 막무가내다. 두 여인은 아든 숲으로 가기 위해 준비한다. 이들은 로잘린드의 아버지를 찾아 나선 것이다. 안전을 위해 로잘린드가 남장을 한다. 익살꾼 터치스톤이 이들과 동행한다.

2막 : 아든 숲에 은거하는 노공작은 이 낙원의 우두머리요 철학자이다. 그는 도시와 문명 그리고 궁전을 떠나 전원생활을 즐기고 있다. 실리아의 동반 가출을 알게 된 프레드릭 공작은 즉시 명령을 내려 이들을 다시 불러오도록 한다. 여인의 가출을 도와주었다는 누명을 쓴 올랜도 때문에 그의 형 올리버도 처벌 직전의 위기에 처한다. 올랜도도 숲을 향해 떠난다. 오랜 시간이 지난 다음 여인들과 올랜도는 아든 숲에 도착한다. 가니메데와 앨리나로 이름을 바꾼 이들 여인들은 양치기 코린의 도움으로 양치기 농부로 변신한다. 올랜도는 굶은 탓으로 분별력을 잃고 칼을 빼들고 공작의 추종자들로부터 음식을 빼앗으려고 하지만 오히려 이들의 초대를 받고 음식을 제공받는다.

3막 : 궁으로 돌아온 프레드릭 공작은 올리버의 전 재산을 몰수하도록 지시한다. 가출한 여인들에 관한 정보를 갖고 오면 처벌을 면제한다고 그에게 통고한다. 올랜도는 숲속에서 시인이 되었다. 그는 사랑에 빠졌다. 그는 로잘린드를 찬양하는 시를 써서 나무에 걸어둔다. 로잘린드는 숲속에서 이 시를 발견하고 올랜도가 그녀를 사랑한다는 것을 알게 되었다. 가니메데로 분장한 로잘린드는 숲속에서 올랜도를 만난다. 가니메데는 그의 상사병을 고쳐주겠다고 말한다. 올랜도는 그 제안을 받아들인다. 터치스톤은 시골 처녀 오드리와 사랑에 빠졌다. 가니메데는 올랜도의 상사병 치료를 하기 위해 그를 숲속에서 기다리고 있다. 그는 나타나지 않는다. 가니메데는 코린의 초청을 받고 양치기 실비우스가 사랑의 반응이 없는 피비에게 구애(求愛)하는 광경을 보러 간다. 로잘린드는 피비가 애인에게 너무 냉혹하게 행동한다고 나무란다. 그러나 피비와 실비우스의 사랑을 성사시키려다가 로잘린드는 피비의 사랑을 받게 된다(로잘린드는 남장을 하고 있다).

4막 : 올랜도가 한 시간 늦게 도착한다. 그러나 그는 가니메데로부터 사랑의 교습을 받기를 갈망한다. 두 번째 교습을 받기로 한 날에도 올랜도는 늦게 왔다. 그 사이에 가니메데는 피비로부터 편지를 받는다. 가니메데는 그 편지를 실비우스에게 읽어주고 피비가 그를 얼마나 우습게 알고 있는지 알려준다. 올랜도는 교습을 받으러 오는 길에 형 올리버가 나무 그늘 아래서 잠들어 있는 것을 보았는데, 그 순간 뱀과 사자가 그의 목숨을 노리고 있었다. 올랜도는 그의 형의 목숨을 구했지만 자신은 상처를 입었다. 올랜도는 올리버를 가니메데에게 보내 자신이 늦는 이유를 설명하도록 했다. 올리버가 갖고 온 피묻은 수건을 보고 로잘린드는 실신한다.

5막 : 두 형제들은 이제 다시 만나게 되었다. 올리버는 실리아를 사랑하게 되었다. 그는 그녀와 결혼하고 싶었다. 더욱이 그는 올랜도에게 그의 저택을 넘겨주겠다고 말한다. 그러나 올랜도에게 로잘린드가 없는 세상은 의미가 없었다. 다음 날, 노공작이 종신들을 거느리고 나타났다. 네 쌍의 연인들도 결혼하기 위해 모였다. 로잘린드와 올랜도, 올리버와 실리아, 실비우스와 피비, 터치스톤과 오드리. 이때 반가운 소식이 전해졌다. 프레드릭 공작이 아든 숲으로 오다가 개과천선하여 구도의 길에 들어섰다는 전갈이었다. 그는 몰수한 재산을 전부 돌려준다고 언명했다. 행복한 결혼을 축하하는 춤판을 끝으로 연극은 막을 내린다.

### 작품 평가

로잘린드와 실리아는 셰익스피어가 창조한 여성 성격 가운데서도 아주 이상적이며 매력적인 여인이다. 로잘린드는 포샤를 닮아 기지에 넘치고, 솔직하고, 쾌활한 여성이다. 실리아는 귀엽고, 착하고, 성실한 여성이다. 올랜도나 올리버, 터치스톤, 두 공작들 ─ 이 모든 인물들은 두드러진 성격을 지닌 독자적 성격의 인물은 되지 못하지만, 모든 인물이 '아든의 숲'이 지니고 있는 자연의 특성을 갖고 있다. "이 작품의 주인공은 누구인가, 그리고 주제는 무엇인가, 그리고 작품의 성격은 어떤 것인가"라고 물으면 답변은 "아든 숲"이라고 말할 수밖에 없는 그런 전원 목가극이 바로 〈당신이 좋으실 대로〉이다.

희곡의 구성도 단순하다. 공작 집안의 싸움, 드 보이스 가문의 형제 싸움, 올랜도와 로잘린드의 사랑 등 세 가지 스토리가 실오라기처럼 서로 엉켜 있다. 숲속에서의 사랑 이야기가 큰 줄기를 이어가고 있지만, 사소한 이야기들, 예컨대 씨름 시합, 가정의 분쟁, 충복 애덤의 등장과 돌연한 소멸, 아든 숲속의 사자, 프레드릭 공작의 석연치 못한 돌발적인 행동, 실리아와 올리버의 돌발적이고도 기묘한 사랑, 로잘린드의 남장과 사랑놀이 등이 주제와 어떻게 관련되어 메인 액션을 구축해 나가는지 알 수 없을 지경이다. 제2막 7장에서 우울한 귀족 제이퀴즈는 어떤 플롯에도 관여하지 않지만 수시로 중요한 발언을 하고 있다.

"세계는 하나의 무대……." 이 대사는 무엇을 의미하며, 그의 극적 기능은 무엇인가. 이에 대한 해답은 깊고 난해하다.

　그러나 한 가지 분명한 것은 작중의 중요한 인물들이 모두 사랑에 관련되어 있다는 사실이다. 네 쌍의 연인들이 결혼을 하고 두 쌍의 형제들이 화해를 하는 동안 아든 숲은 불가사의한 마술적 작용을 하고 있다. 이 신비로운 푸른 숲속에서 인간들은 각자 자신을 새로운 '눈'으로 다시 보게 되고 변신을 거듭하게 된다. 슈레겔(A.W. Schulegel)의 작품평은 이 점에서 감동적이다. "나무 그늘 속에서 어떤 사람은 운명의 변전(變轉), 세상의 부정, 그리고 사회생활의 고통에 대해서 울적한 심정으로 명상해볼 수 있다. 또 어떤 사람은 사교적인 노래와 축제의 음악으로 숲속을 가득 채울 수도 있다. 사리사욕과 시기심과 야욕은 도시 저편에 놔두고 왔다. 모든 인간의 열정 가운데서 오로지 사랑만이 이 숲속의 길을 찾아올 수 있다." 바로 이것이다. 〈당신이 좋으실 대로〉는 사랑의 묘약을 얻는 인간의 드라마이다. 인간들은 이 숲속에서 사랑과 미움을, 지혜와 어리석음을, 웃음과 눈물을, 비관주의와 낙천주의를, 남자와 여자를 뒤섞는다. 그것은 꿈같은 일이다. 그 꿈속에서 자신의 진정한 아이덴티티를 찾고 애정을 나누고, 우정을 가꾼다. 이 얼마나 황홀한 일인가. 아든 숲은 그래서 영원히 존재한다. 셰익스피어의 이 명작이 그의 작품 가운데서 가장 달콤한 행복감을 안겨주는 이유가 여기에 있다.

이태주

| 연도 | 윌리엄 셰익스피어 | 시대 배경 |
|---|---|---|
| 1564<br>(0세) | 4월 23일 출생. 4월 26일, 존과 메리의 장남으로서 세례 받음. | C. 말로 탄생. 갈릴레오 탄생. 미켈란젤로 사망. |
| 1565<br>(1세) | 7월 4일 존, 스트랫퍼드 시참사위원(alderman)으로 피선(被選). 9월 12일 임명. | 『지혜의 보고』의 저자 프랜시스 미아즈 탄생. |
| 1566<br>(2세) | 10월 13일, 존과 메리의 차남 길버트 세례. | 해군대신극단 대표배우 에드워드 아렌 탄생. |
| 1568<br>(4세) | 9월 4일 존, 스트랫퍼드 시장(bailiff)에 선출됨. | 메리 스튜어트 폐위. 영국에서 유폐됨. |
| 1569<br>(5세) | 4월 15일, 존과 메리의 다섯 번째 아이 조앤(Joan) 세례. | 여왕극단, 우스터백작극단 스트랫퍼드에서 공연. |
| 1571<br>(7세) | 이즈음 윌리엄은 문법학교 킹즈 뉴 칼리지에 입학. 9월 28일 4녀 앤 세례 받음. | 윌리엄 세실 경, 벌리 경이 됨. |
| 1574<br>(10세) | 3월 11일, 존과 메리의 일곱째 아이 리처드 세례. 전염병으로 런던 공연 금지. | 5월 10일 레스터경극단이 왕실의 후원을 받음. |
| 1575<br>(11세) | 존, 스트랫퍼드에 정원과 과수원이 있는 두 채의 집을 40파운드로 구입. 윌리엄은 아마도 케닐워스의 축제를 봤을 것이다. 〈한여름 밤의 꿈〉에 반영되어 있다. | 7월, 엘리자베스 여왕, 케닐워스 성 방문. |
| 1576<br>(12세) | 존, 문장(紋章) 허가 신청. 이때부터 존은 마을 의회 결석이 잦음. 군비 의연금도 미납. | 제임스 버비지의 상설극장 '시어터(The Theatre)'가 쇼어디치에 건립됨. |
| 1577<br>(13세) | 존, 이때부터 재정적 어려움 때문에 공식회의 불참. | 커튼극장 건립. 홀린셰드, 『연대기』 초판 발행. |
| 1578<br>(14세) | 11월 14일, 존은 부인의 유산 일부인 윌름코트의 집과 토지를 담보로 의형 에드먼드 란바트의 돈 40파운드 차입. | 8월 24일, 존 스톡우드가 설교 중에 극장 비난. |

| 연도 | 윌리엄 셰익스피어 | 시대 배경 |
|---|---|---|
| 1579<br>(15세) | 4월 4일, 4녀 앤 매장. 존, 스니타필드의 토지를 4파운드에 매각. | 노스 역 『플루타르크영웅전』 출판. 존 플레처 탄생. |
| 1580<br>(16세) | 5월 3일, 4남(여덟 번째 아이) 에드먼드 세례. 존, 치안유지법 위반으로 20파운드의 벌금 지불. | 『영국연대기』 출판. |
| 1581<br>(17세) | 8월 3일, 랭커셔에 사는 알렉산더 호턴의 유언장에 '배우 윌리엄 셰익스피어'에게 연금 2파운드를 남긴다는 기록이 있음. 윌리엄의 이름이 최초로 문서에 기록. | 10월, 6세의 헨리 리즐리가 3대째의 사우샘프턴 백작이 됨. |
| 1582<br>(18세) | 11월 27일, 윌리엄, 8세 연상의 앤 해서웨이와 결혼. | 버클리경극단, 스트랫퍼드에서 공연. 에든버러대학 창립. |
| 1583<br>(19세) | 5월 26일, 윌리엄과 앤의 장녀 수재나 세례. | 옥스퍼드백작극단, 우스터백작극단 등이 스트랫퍼드에서 공연. |
| 1585<br>(21세) | 2월 2일, 쌍둥이 햄닛과 주디스 세례. | 제임스 버비지, 커튼극장의 경영권 장악. |
| 1586<br>(22세) | 9월 6일, 존, 시위원에서 해임. 윌리엄, 런던행(?). | 여왕극단, 레스터백작극단이 스트랫퍼드에서 공연. |
| 1587<br>(23세) | 6월 13일에 발생한 상해 사건으로 결원을 채우기 위해 윌리엄이 여왕극단에 가입한 가능성 있음. | 헨슬로, 로즈극장 건립. 홀린셰드, 『연대기』 제2판 간행. |
| 1588<br>(24세) | 윌름코트 토지가옥 변제를 청구하면서 윌리엄이 란바트에 소송 제기. | 레스터 백작 사망. 영국 해군, 스페인 무적함대 격파. 리처드 탈턴 매장(9월 3일). |
| 1589<br>(25세) | 윌리엄, 스트랑경극단과 해군대신극단이 합병해서 만든 극단에 관계함. | 로버트 그린의 『Menaphon』에 쓴 토머스 내시의 서문에 〈원햄릿(Ur-Hamlet)〉이 언급됨. |
| 1592<br>(28세) | 윌리엄 그린의 책 『문(文)의지혜』(9월 20일 출판등록)에서 윌리엄을 비난하는 문구 '벼락출세한 까마귀(upstartcrow)' 발견. | 6월, 극장 폐쇄. 9월 3일 그린 사망. 에드워드 알레인, 헨슬로의 양녀와 결혼해서 헨슬로와 동업자가 됨. |

| 연도 | 윌리엄 셰익스피어 | 시대 배경 |
|---|---|---|
| 1593<br>(29세) | 사우샘프턴 백작에게 〈비너스와 아도니스〉 헌정. 출판등록 4월 18일. 같은 해에 4절판으로 등록. 〈타이터스 앤드로니커스〉 집필. 〈말괄량이 길들이기〉 집필. 〈루크리스의 능욕〉 집필. | 극작가 크리스토퍼 말로 살해당함(5월 30일). 전염병으로 윌리엄이 소속된 펜브루크백작극단이 어려움을 겪음. |
| 1594<br>(30세) | 윌리엄, 궁내대신소속극단에 단원으로 참가. 〈타이터스 앤드로니커스〉 출판 등록(2월 6일). 동년에 양(良)사절판으로 출판. 로즈극장에서 공연(1월 23일). 〈헨리 6세 2부〉 출판 등록(3월 12일). 동년에 악(惡)사절판 출판. 〈루크리스의 능욕〉 출판 등록(5월 9일). 동년 양사절판으로 출판. 〈실수 연발〉 그레이 법학원에서 공연(12월 28일). 〈베로나의 두 신사〉 집필. 〈사랑의 헛수고〉 집필. 〈로미오와 줄리엣〉 집필. 〈말괄량이 길들이기〉 공연(6월 13일). | 1592년부터 이래로 폐쇄되었던 정규공연이 6월에 시작됨. 스트랫퍼드 대화재(9월 22일). 헨리 거리의 셰익스피어의 가옥도 피해를 입음. 펜브루크백작극단 해체(12월 28일). 6월 7일에 유대인 의사 로더리고 로페즈가 여왕 암살 용의로 처형됨. |
| 1595<br>(31세) | 3월 15일에 전년 12월의 어전공연에 대한 지불명부에 20파운드의 액수와 간부단원 윌리엄의 이름이 기록됨. | 9월, 스트랫퍼드 화재. 〈리처드 2세〉 또는 〈리처드 3세〉 공연(12월 9일). 프랜시스 랭글리, 펜브루크백작극단의 본거지인 스완극장 건립. |
| 1596<br>(32세) | 8월 11일, 장남 햄닛 매장(11세). 10월 20일에 존, 문장 사용 허가받음. 윌리엄, 비숍게이트의 세인트헬렌에 거주(10월). | 스완극장에서 네덜란드의 관광객 한니스 드 위트가 관객을 3천명으로 추산. 2월 4일에 제임스 버비지가 블랙프라이어즈극장을 600파운드로 구입. |
| 1597<br>(33세) | 5월 4일에 윌리엄, 스트랫퍼드에서 가장 아름답고 두 번째로 큰 '뉴 플레이스' 저택을 60파운드에 구입. 〈윈저의 즐거운 아낙네들〉 공연(4.22~23). 〈리처드 2세〉 출판등록(8.29), 동년 양사절판 출판. 〈리처드 3세〉 출판 등록(10.20), 동년 양과 악의 중간사절판 출판. 〈헨리 4세 1부, 2부〉 집필(1597~1598). 〈사랑의 헛수고〉 공연. | 2월 2일 제임스 버비지 매장. |

| 연도 | 윌리엄 셰익스피어 | 시대 배경 |
|---|---|---|
| 1598<br>(34세) | 〈헨리 4세 1부〉 출판 등록(2.25). 출판. 〈베니스의 상인〉 출판 등록(7.22). 윌리엄, 벤 존슨의 〈각인각색〉에 출연(9.20 이전). 〈사랑의 헛수고〉 양사절판 출판(12월). 〈헛소동〉 집필(1598~1599). 〈헨리 5세〉 집필(1598~1599) | 재상 윌리엄 세실 사망. 프랜시스 미어스의 수기 『지식의 보고』 출판(9.7). 이 책에는 윌리엄에 관한 여러 가지 언급이 있음. |
| 1599<br>(35세) | 2월 21일, 윌리엄, 주주의 한 사람으로서 글로브극장 건설 운영에 관한 계약서 작성. 세인트 헬렌에 보관된 세금 관계 서류에 윌리엄의 이름 있음. 글로브극장 개장. 〈줄리어스 시저〉 집필. 글로브극장에서 공연(9.21). 〈로미오와 줄리엣〉 양사절판 출판. 〈당신이 좋으실 대로〉 집필(1599~1600). 〈십이야〉 집필(1599~ 1600). | 시인 에드먼드 스펜서 사망. 풍자문학 금지(6.1). 에식스 백작의 아일랜드 원정 실패. |
| 1600<br>(36세) | 〈당신이 좋으실 대로〉 등록(8.4), 출판 보류. 〈헛소동〉 등록(8.4). 양사절판 출판(10월). 〈헨리 4세 2부〉 등록(8.23). 양사절판 출판. 〈헨리 5세〉 등록(8.23). 악사절판 출판. 〈한여름 밤의 꿈〉 등록(10.8). 템스강 남안(南岸) 크링크 지구 납세자 리스트에 13실링 4펜스 미납 기록. | 동인도회사 설립. 헨슬로, 520 파운드를 들여서 포춘극장 건립. |
| 1601<br>(37세) | 부친 존 사망. 9월 8일 매장. 궁내대신극단이 에식스 백작 일당의 요청에 의해 왕위 찬탈극 〈리처드 2세〉 글로브극장에서 공연(2.7). 〈십이야〉 궁전에서 공연(1.6). 〈햄릿〉 집필(1601~1602). 〈트로일로스와 크레시다〉 집필(1601~1602). | 2월 8일, 에식스 백작, 런던에서 반란 일으키다 체포되어 사형됨(2.25). 사우샘프턴 사형 면함. |
| 1602<br>(38세) | 5월 1일 윌리엄, 스트랫퍼드에 107에이커의 토지를 320파운드로 구입. 윌리엄, 런던 크리플게이트에 하숙. 〈윈저의 즐거운 아낙네들〉 등록(1.18). 악사절판 출판. 〈햄릿〉 등록(7.26). 〈끝이 좋으면 다 좋다〉 집필(1602~1603). | |

| 연도 | 윌리엄 셰익스피어 | 시대 배경 |
|------|------------------|-----------|
| 1603 (39세) | 5월 19일, 궁내대신극단이 국왕극단이 되다 (5.19). 〈트로일로스와 크레시다〉 등록(2.7). 〈햄릿〉 악사절판 출판. | 엘리자베스 여왕 사망(3.24). 튜더 왕조 끝남. 제임스 1세 즉위하여 스튜어트 왕조 출범. 3월 19일 전염병으로 극장 1년간 폐쇄. |
| 1604 (40세) | 〈오셀로〉 집필. 11월 1일 궁정에서 공연. 〈자에는 자로〉 집필(1604~1605). 12월 26일 궁전에서 공연. 〈햄릿〉 양사절판 출판. 〈윈저의 즐거운 아낙네들〉 궁정에서 공연(11.4). | 4월 9일, 극장 개관. 제임스 1세 스페인과 화평 체결. |
| 1605 (41세) | 국왕극단이 〈헨리 5세〉를 궁정에서 공연(1.7). 국왕극단이 〈베니스의 상인〉을 궁정에서 공연(2.10). 〈리어 왕〉 집필(1605~1606). | 11월 15일, 가이 포크스의 의사당 폭파 음모사건(화약음모사건) 발각. 레드불극장 개관. |
| 1607 (43세) | 6월 5일 장녀 수재나, 의사 존 홀과 결혼(6.5). 〈리어 왕〉 출판등록(11.26). 〈코리올레이너스〉 집필. 〈아테네의 타이몬〉 집필. 〈맥베스〉 아마도 햄프턴코트에서 덴마크 왕 크리스찬 4세 방문을 기념해서 공연(8.7). 〈햄릿〉 영국 함선 드래곤호 선상에서 공연. 12월 31일 윌리엄의 동생 배우 에드먼드 셰익스피어 매장(12.31). | 7월~11월, 전염병으로 극장 폐쇄. |
| 1608 (44세) | 수재나의 장녀 엘리자베스 출생(2.8. 세례). 모친 메리 사망(9.9. 매장). 〈안토니와 클레오파트라〉 등록(5.20). 〈리어 왕〉 양과 악의 중간판본 출판. 〈페리클레스〉 집필(1608~1609), 등록(5.20). | 시인 존 밀턴 출생. 8월 9일, 국왕극단이 블랙프라이어즈 극장 임대권 매입. |
| 1610 (46세) | 윌리엄, 고향에 은퇴. 〈겨울 이야기〉 집필(1610~1611). | 2월, 제임스 1세 의회 폐쇄. |
| 1611 (47세) | 〈심벨린〉 관극(4월 하순) 기록(점성가 사이먼 포맨). 〈겨울 이야기〉 글로브극장에서 공연(5.15). 〈템페스트〉 집필(1611~1612). 동년 궁정에서 공연(11.1). | 흠정(欽定)영역성서 출판. |
| 1612 (48세) | 〈헨리 8세〉 집필(1612~3). | 태자 헨리 사망. |

| 연도 | 윌리엄 셰익스피어 | 시대 배경 |
|---|---|---|
| 1613 (49세) | 2월 4일 동생 리처드 매장. 런던 블랙프라이어즈 지구에 140파운드를 들여 게이트 하우스(Gate-House) 구입. | 〈헨리 8세〉 공연 중(6.29) 글로브극장 소실. 곧 재건립 착수. |
| 1614 (50세) | 글로브극장 6월 준공(1400파운드 소요됨). | 호프극장 건립. |
| 1615 (51세) | 〈리처드 2세〉(제5쿼토판) 출판(90월). | 조지 채프먼이 호메로스의 『오디세이』 완역. |
| 1616 (52세) | 1월 26일경, 윌리엄 유언장 작성. 차녀 주디스가 토머스 퀴니와 결혼(2.10). 유언장 수정, 서명(3.25). 4월 23일 윌리엄 셰익스피어 사망. 스트랫퍼드 홀리 트리니티교회에 매장(4.25). 11월 23일, 토머스와 주디스의 아들 셰익스피어 세례. 『루크레스의 능욕』 출판. | 1월 6일 헨슬로 사망. |
| 1623 | 8월 6일, 윌리엄의 아내 앤 사망(67세). 11월 8일 윌리엄의 전집 첫 폴리오판이 셰익스피어의 동료배우들인 존 헤밍스와 헨리 콘델에 의해 출판. | |

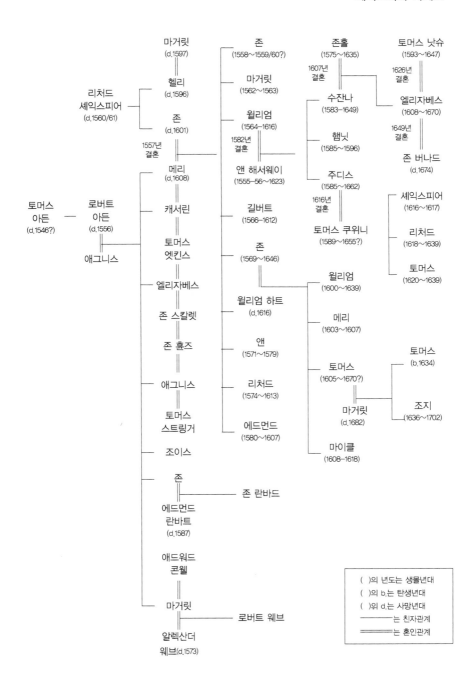

셰익스피어 가계도

( )의 년도는 생몰년대
( )의 b.는 탄생년대
( )위 d.는 사망년대
───── 는 친자관계
═════ 는 혼인관계

# 장미전쟁 역사극의 가계도

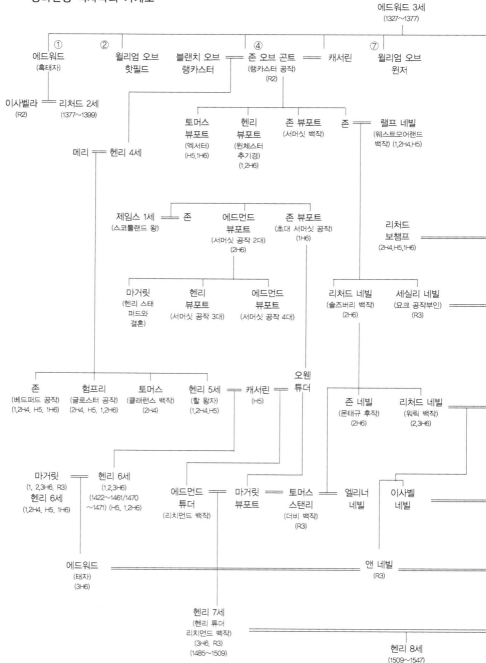

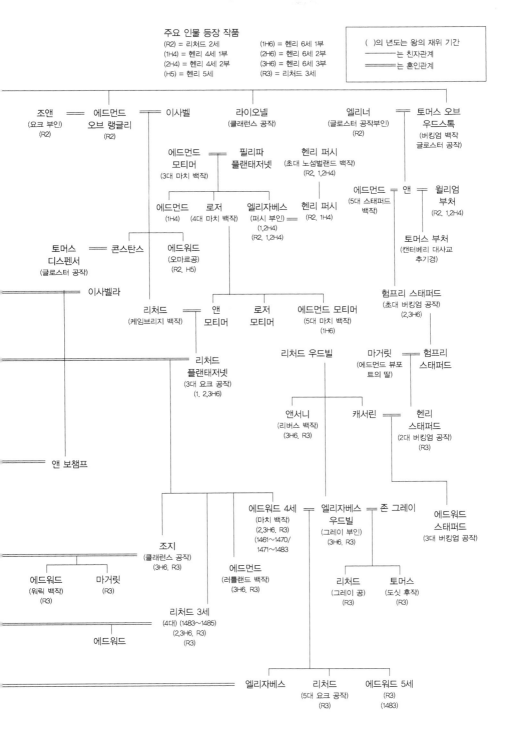

주요 인물 등장 작품
(R2) = 리처드 2세
(1H4) = 헨리 4세 1부
(2H4) = 헨리 4세 2부
(H5) = 헨리 5세

(1H6) = 헨리 6세 1부
(2H6) = 헨리 6세 2부
(3H6) = 헨리 6세 3부
(R3) = 리처드 3세

( )의 년도는 왕의 재위 기간
―――― 는 친자관계
═════ 는 혼인관계

조앤
(요크 부인)
(R2)

에드먼드
오브 랭글리
(R2)

이사벨

라이오넬
(클래런스 공작)

엘리너
(글로스터 공작부인)
(R2)

토머스 오브
우드스톡
(버킹엄 백작
글로스터 공작)

에드먼드
모티머
(3대 마치 백작)

필리파
플랜태저넷

헨리 퍼시
(초대 노섬벌랜드 백작)
(R2, 1,2H4)

에드먼드
(5대 스태퍼드
백작)

앤

윌리엄
부처
(R2, 1,2H4)

에드먼드
(1H4)

로저
(4대 마치 백작)

엘리자베스
(퍼시 부인)
(1,2H4)
(R2, 1,2H4)

헨리 퍼시
(R2, 1H4)

토머스 부처
(캔터베리 대사교
추기경)

토머스
디스펜서
(글로스터 공작)

콘스탄스

에드워드
(오마르공)
(R2, H5)

이사벨라

험프리 스태퍼드
(초대 버킹엄 공작)
(2,3H6)

리처드
(케임브리지 백작)

앤
모티머

로저
모티머

에드먼드 모티머
(5대 마치 백작)
(1H6)

리처드
우드빌

마거릿
(에드먼드 뷰포
트의 딸)

험프리
스태퍼드

리처드
플랜태저넷
(3대 요크 공작)
(1, 2,3H6)

앤서니
(리버스 백작)
(3H6, R3)

캐서린

헨리
스태퍼드
(2대 버킹엄 공작)
(R3)

앤 보챔프

에드워드 4세
(마치 백작)
(2,3H6, R3)
(1461~1470/
1471~1483

엘리자베스
우드빌
(그레이 부인)
(3H6, R3)

존 그레이

에드워드
스태퍼드
(3대 버킹엄 공작)

조지
(클래런스 공작)
(3H6, R3)

에드먼드
(러틀랜드 백작)
(3H6, R3)

리처드
(그레이 공)
(R3)

토머스
(도싯 후작)
(R3)

에드워드
(워릭 백작)
(R3)

마거릿
(R3)

리처드 3세
(4대) (1483~1485)
(2,3H6, R3)
(R3)

에드워드

엘리자베스

리처드
(5대 요크 공작)
(R3)

에드워드 5세
(R3)
(1483)

# 영국 왕가 족보 (1)

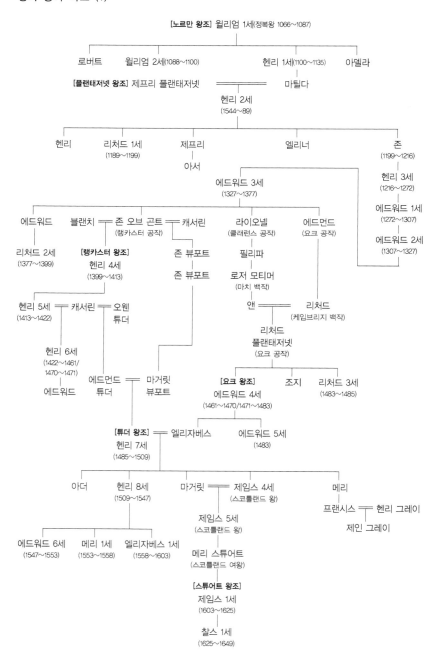

**[노르만 왕조]** 윌리엄 1세(정복왕 1066~1087)

로버트　　　윌리엄 2세(1088~1100)　　　헨리 1세(1100~1135)　　　아델라

**[플랜태저넷 왕조]** 제프리 플랜태저넷　════════　마틸다

헨리 2세
(1544~89)

헨리　　　리처드 1세　　　제프리　　　엘리너　　　존
　　　　　(1189~1199)　　　│　　　　　　　　　　　(1199~1216)
　　　　　　　　　　　　　아서

헨리 3세
(1216~1272)

에드워드 1세
(1272~1307)

에드워드 3세　　　　　　　　　　　　　　　에드워드 2세
(1327~1377)　　　　　　　　　　　　　　　(1307~1327)

에드워드　　블랜치 ════ 존 오브 곤트 ════ 캐서린　　　라이오넬　　　에드먼드
　　　　　　　　　　　(랭카스터 공작)　　　　　(클래런스 공작)　(요크 공작)

리처드 2세
(1377~1399)

**[랭카스터 왕조]**　　　　　존 뷰포트　　　필리파
헨리 4세
(1399~1413)　　　　　　　존 뷰포트　　　로저 모티머
　　　　　　　　　　　　　　　　　　　　(마치 백작)

헨리 5세 ════ 캐서린 ════ 오웬　　　　　　　앤 ════ 리처드
(1413~1422)　　　　　　　튜더　　　　　　　　　　(케임브리지 백작)

헨리 6세　　　　　　　　　　　　　리처드
(1422~1461/　　　　　　　　　　　플랜태저넷
1470~1471)　　　　　　　　　　　(요크 공작)

에드워드　　에드먼드 ════ 마거릿　**[요크 왕조]**　조지　리처드 3세
　　　　　　튜더　　　　뷰포트　에드워드 4세　　　　(1483~1485)
　　　　　　　　　　　　　　　　(1461~1470/1471~1483)

**[튜더 왕조]** ════ 엘리자베스　에드워드 5세
헨리 7세　　　　　　　　　　　　(1483)
(1485~1509)

아더　헨리 8세　　　마거릿 ════ 제임스 4세　　　메리
　　　(1509~1547)　　　　　　(스코틀랜드 왕)
　　　　　　　　　　　　　　　　　　　　프랜시스 ════ 헨리 그레이
　　　　　　　　　　　제임스 5세
　　　　　　　　　　　(스코틀랜드 왕)　　　　　제인 그레이

에드워드 6세　메리 1세　엘리자베스 1세　메리 스튜어트
(1547~1553)　(1553~1558)　(1558~1603)　(스코틀랜드 여왕)

**[스튜어트 왕조]**
제임스 1세
(1603~1625)

찰스 1세
(1625~1649)

# 영국 왕가 족보 (2)

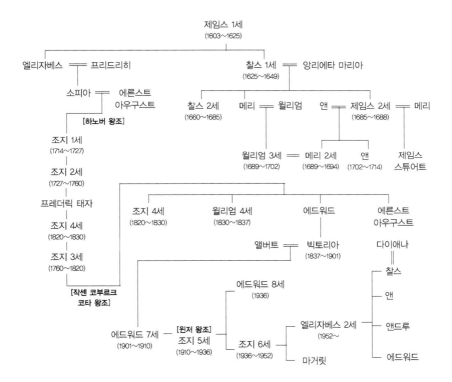